U0919206

قلقي شعلة
مختارات من خواطر أدونيس

我的焦虑是一束火花

阿多尼斯诗歌短章选

[叙利亚] 阿多尼斯 著
薛庆国 选译

译林出版社

图书在版编目（CIP）数据
我的焦虑是一束火花：阿多尼斯诗歌短章选 / （叙利亚）阿多尼斯著；薛庆国译．—南京：译林出版社，2018.10
ISBN 978-7-5447-7513-7

I.①我… II.①阿… ②薛… III.①诗集 - 叙利亚 - 现代 IV.①I376.25

中国版本图书馆 CIP 数据核字（2018）第 203447 号

著作权合同登记号 图字：10-2018-330 号

我的焦虑是一束火花：阿多尼斯诗歌短章选

责任编辑 王理行
装帧设计 胡 苨
校 对 韩继坤
责任印制 颜 亮

原文出版 Penguin，1990
出版发行 译林出版社
地 址 南京市湖南路 1 号 A 楼
邮 箱 yilin@yilin.com
网 址 www.yilin.com
市场热线 025-86633278
排 版 南京展望文化发展有限公司
印 刷 恒美印务（广州）有限公司
开 本 880 毫米 × 1240 毫米 1/32
印 张 8.75
插 页 4
版 次 2018 年 10 月第 1 版 2018 年 10 月第 1 次印刷
书 号 ISBN 978-7-5447-7513-7
定 价 48.00 元

[叙利亚] 阿多尼斯

目 录

“我谈论虚无，却把奖赏赐予生命” …………………… 薛庆国 1

《风中的树叶》(选译)

风中的树叶……………………………………………………3

《纪念朦胧与清晰的事物》(选译)

纪念艾布·泰马姆………………………………………… 19

在贾希姆和巴格达之间…………………………………… 19

某一天日记………………………………………………… 23

大马士革的米赫亚尔提出的问题………………………… 26

诗歌艺术…………………………………………………… 28

纪念艾布·努瓦斯………………………………………… 31

传闻………………………………………………………… 31

回忆录……………………………………………………… 34

言谈录……………………………………………………… 38

忏悔录……………………………………………………… 40

墓碑………………………………………………………… 43

纪念麦阿里………………………………………………… 44

童年………………………………………………………… 44

日子………………………………………………………… 46

对话………………………………………………………… 51

信件………………………………………………………… 52

注解………………………………………………………… 54

《身体平原的迷途骏马》
身体平原的迷途骏马…… 59

《狼影》
狼影……103

《渴的答案,不仅仅是水》(选译)
一朵云,在死海上空 ……137
自废墟升起的音乐……144
远远地,尚未看到她的时候 ……152
他……156
词语……158
眼睛……163

《花粉的空间》(选译)
在俯瞰阿拉伯海的阳台上,乌姆鲁勒·盖斯发问 ……169
电子辛巴达……172
夜晚和黎明……176
浪的确信……180
水和沙子关照下的太阳……185
创造空间的想象力……190
骰子……194
幻影……199
空间、事物和迷惑 ……202

近作集锦
夜:不出户的远行者 ……219
死亡的手指,弹奏生命的风琴 ……227
“阿拉伯之春”……239
抵抗绝望的随想……248

阿多尼斯年表…… 薛庆国 编 251

“我谈论虚无，却把奖赏赐予生命”
——译者序

薛庆国

读者手中的这本诗选，是旅法叙利亚诗人阿多尼斯创作于不同时期的诗歌短章选集。顾名思义，短章指篇幅较短的诗文篇章，其长度往往只有寥寥数行。除使用“短章”这一称谓外，我国诗歌界还有“微诗”“截句”等说法。

需要说明的是，在形式上，这本诗选并不能反映阿多尼斯诗作的总体特征，因为他擅写长诗，其作品以长诗居多，甚至一本诗集就是一首完整的长诗。

但与此同时，阿多尼斯还创作了大量意趣盎然的短章。在阿多尼斯笔下，有的短章独立成篇，没有标题；也有若干同一主题的短章，构成有标题的较长诗篇。为数众多的微小诗章，犹如分布在宇宙中的一颗颗“白矮星”，其体积虽小，但密度很高，热量惊人。它和体积更大的“星球”一起，共同构成了诗人辽阔而璀璨的诗歌星空。按照阿多尼斯自己的说法，“短章仿佛小草或幼苗，生长在长诗——大树——的荫下；短章是闪烁的星星，燃烧的蜡烛；长诗是尽情流溢的光明，是史诗的灯盏。两者只在形式上存在差异，本质上是密不可分的一体，共同构成了我的诗歌实践”。

收入这本诗选的《风中的树叶》(1958),选自诗人早年发表的第二部诗集。其中的50多首短章犹如一片片“风中的树叶”,虽然彼此独立地飘曳于风中,但它们来自同一棵大树,含有同样的汁液,在精神上属于一个整体。这些短章,让我们得以了解一位青年诗人早熟而独特的内在气质,也为我们解读他的诗歌创作提供了若干密码。在其中,诗人很少关注日常生活的琐屑细节,他通过诗歌表达的,既有一个思想新锐、跟现实格格不入的青年人的愤世嫉俗,更有对生命、存在、知识、真理、文明、历史等抽象命题具有哲学意味的思考,以及对阿拉伯传统文化的反思,对专制、落后的社会现实的抨击,对整个世界和时代的失望和期望。伊斯兰文化的瑰宝——苏非主义(即伊斯兰神秘主义)对诗人的影响也依稀可辨,并为不少篇什增添了朦胧和神秘色彩。诗歌表达的,纯粹是诗人个体的声音,但其指向却是公共的——旨在变革诗人归属的社会、国家和民族,尤其是在思想和文化层面。短章的结构和修辞并不复杂,但语言具有高度的象征性和隐喻性。“我行走的道路,/将把神灵送往垂帘之后,/也许我能把它替换。”在阅读这样的诗句时,如果仅仅依据字面,把“我”当成意欲“替换神灵”的狂徒,就未免失之偏颇和肤浅。如能意识到诗歌语言的象征性,或许不难理解:诗人旨在改变、替换的,是与时代脱节的宗教观、神灵观。

早期作品中出现的这些基调,一直回荡、萦绕于阿多尼斯的整个诗歌生涯,但此后的作品旋律愈加丰富,诗意也更为浓郁。在不同阶段创作的短章里,诗人带着能听见“蓓蕾绽放时的喘息声”的耳朵,能看见“天际的睫毛”“光的舟楫”的眼睛,怀着“正在摆弄手里的石块,试图为它装上两只翅膀”的童心,去观察、认识大千世界。由此,诗人创作了大量清新隽永、令人读完唇齿留香的短章,譬如:

夏天把它的罐子敲碎,冬天的时光停歇,

春天的一些碎片,被秋天的拖车牵引。

芬芳,从它母亲——玫瑰的子宫逸出,
开始了不归之旅:
是否,这就是意义的迁徙?

许多短章之所以回味无穷,给人印象深刻,不仅因为诗人在事物和其喻体之间建立了富有想象力和美感的联系,还因为诗人将自己的情感和理念赋予其中:

昨天,当我在黎明醒来,
我看到太阳遮起脸庞,
或许它还沉浸于
有关夜的床榻的回忆。

在这里,诗人借助自然——黎明时的太阳,含蓄而快意地挑战了禁锢身体的文化传统:就连高高在上的太阳,也有属于自己、关乎身体和情色的隐私!我们仿佛看到诗人因为泄露了这一"天机",而在嘴角露出了狡黠的微笑。

当然,作为一位批判意识鲜明的思想家诗人,阿多尼斯的短章并不止于曼妙轻歌。在他的诗中,随处可见对落后、专制的阿拉伯政治的批判,对腐败、丑陋的社会现象的鞭笞。这些短章触及政治,但绝不流于鄙俗,而是以高度形象化或富有哲理的形式呈现,且往往一针见血,掷地有声:

阿拉伯的时光:
一堵名叫永恒的墙上生长的苔藓。

暴力，几乎折断语言的枝干；
时间，已没有时间去跟上死亡的步伐。

很多读者都已发现，阿多尼斯是一位有着鲜明而独特的诗歌语汇表的诗人。他的诗中，常出现天空、云彩、太阳、月亮、白昼、黑夜、风、雨等原初自然的意象，以及生命、死亡、空间、时间、爱情、欲望、梦想等关乎存在本源的语汇。阿多尼斯往往赋予这些语汇特有的言外之意，如同以下的"天空"：

那片天空，
昨天在我的诗中坠落，
那是一片乌黑的天空。

显然，这里的"天空"，并非能引起人们美好联想、寄托人们远大志向的高旷明媚之所在，它是阿多尼斯力图解构并拉下神坛的文化意义的"天空"。又如：

空间如何能痊愈，
它罹患的恰是时间的病症？

"空间"，无疑是诗人念兹在兹的"阿拉伯空间"；而这"时间的病症"，是耽于"时间"（古代）的恋古之病？固守"时间"（传统）的僵化之病？误读"时间"（遗产）的偏执之病？无视"时间"（时代）的虚妄之病？总之，诗人是在为"阿拉伯的空间"把脉寻症。通过诗，他对盛行于阿拉伯社会的被扭曲的历史观、文明观，给予隐晦却又坚决的抨击。因此，如果能结合诗人身处的文化与历史背景去解读其诗作，解析其中的诗歌语汇，就能更好地领会诗歌蕴含的精神和思想价值。

在当今阿拉伯文化界，阿多尼斯是极少数堪称“多重批判者”的知识分子。他既批判专制、无能的阿拉伯政权，也指摘阿拉伯传统文化中的沉疴积弊，并揭露打着各种幌子牟取私利的西方霸权主义和殖民主义。他对大众、人民也从不无原则地附和，在纷繁喧嚷的历史关头拒绝随波逐流。当“阿拉伯之春”运动方兴之时，他就一针见血地指出，许多叫喊着“阿拉伯之春”的人，正在“从刀剑、权力和金钱中觅取生活之道”。阿多尼斯对这场运动的质疑，曾引起阿拉伯世界和西方许多人的不解、误会乃至谩骂。但他并不为之所动，在他看来，阿拉伯世界落后的根源是文化落后，所以文化的变革——而非政治的改朝换代——才具有决定性的进步意义。基于此，他评价阿拉伯变革运动的最重要标准，便是这一运动是否撼动了传统文化的根基，是否致力于建立新文化，是否有助于实现人，尤其是妇女的解放与进步。以此标准去审视“阿拉伯之春”，阿多尼斯无疑是失望的。这本诗选收入了诗人几年前发表于报章上抨击时政的部分短诗，在“阿拉伯之春”已演变成不折不扣的“阿拉伯之冬”的今天，重温这些犹如发自旷野的呐喊，既让人钦佩阿多尼斯的远见卓识，也令人感喟阿拉伯民族的坎坷命运。

值得一提的是，阿多尼斯对传统文化的立场，并不仅仅体现为质疑、批判和叛逆。他诗中彰显的现代性，固然与阿拉伯世界历来占据主流的保守理念作了割裂，但也和阿拉伯文化遗产中被遮蔽的变革精神完成对接。与其说他是阿拉伯文化的“逆子”，毋宁说，他是这一伟大文化最有价值部分的“传人”。这本诗选收入不少向阿拉伯古代大诗人致敬的作品。在其中，阿多尼斯借“哲学家诗人”麦阿里的视角审视世界——“世界何其贫乏，我在其中何其贫乏”；以“咏酒诗人”艾布·努瓦斯的名义宣示自我——“我生来追求异端，/真理成了我的伙伴”；通过贾希利叶诗人盖斯之口，表达对耽于诗歌技巧的警惕——“技巧，/这个晶莹的坟墓，/我曾频繁出入其中”；他还从伟大诗人穆太奈比的诗歌和人生中获得启迪——“他懂得仇恨和敌视有多么可怕，/他懂得对诗歌的无知有多么可怕，/他也懂得如何超越、如何升华”。

除了伟大的诗歌传统，阿多尼斯最为心仪的阿拉伯伊斯兰文化遗产，就是苏非主义。作为思想家，他毕生致力于批判传统观念中对世界的玄学理解，倡导理性主义和启蒙思想，弘扬人的价值和意志；而作为诗人，他又力图在诗歌实践中超越逻辑与理性的藩篱，探索有形世界背后的神秘未知，揭示与人以及身体、心灵、本能、直觉、梦幻相随相伴的奥秘。因此，他对博大精深的苏非主义情有独钟，因为苏非主义视宗教为属于个人的精神体验，并不满足于正统教义对世界和人生确定的、规制性的理解，而重视探索理性和逻辑无法认识的“宇宙中内隐、无形、未知的领地”。当固守正统的信徒祈求“主啊，增加我的确信”时，古波斯的苏非大诗人鲁米却说：“主啊，增加我的困惑。”同样，在阿多尼斯笔下，困惑，和焦虑、质疑、提问一样，是探求未知者应有的精神状态：“答案是一座监狱，/问题本身也是一重围困，/除非是为了更多的困惑而发问。”

可以说，苏非主义对阿多尼斯的启迪是多方面的：它意味着认识世界的一个新的途径，美学表达的一种新的方式；它还意味着重新解读宗教传统，令改革者得以从伊斯兰教内部找到让宗教从教条主义中解放出来的精神资源。此外，苏非主义还启迪阿多尼斯挣脱空间、身份对自身的束缚，反抗一切戒律和枷锁，在启程、旅行、迁徙、流亡中，获得精神的自由，并通过语言和写作，获得诗性之不朽，因为“旅行让身体的四肢连接起天际的四肢”，“真理总是与启程者同在”，“我们有时可以用词语的队伍，/去阻遏时光的队伍”。

2009年以来，阿多尼斯曾多次到访中国。与他结识的许多中国朋友都对他身上展现的那种“大诗人状态”（欧阳江河语）感到钦佩。在我看来，这种“大诗人状态”体现为深邃的思考力，直达本质的洞察力，言说真理的勇气，对政治与现实先知般的预见力，以及不屑“属于某一个时刻”而坚信“一切时刻都属于我”的狷狂气质。它源自诗人永远以人的自由、尊严和解放为起点和指归，像儿童那样感受世界，像青年那样爱恋世界，像老者那样审视世界。

我记得，阿多尼斯应邀为朋友们题写赠语时，总喜欢写下《风中的树叶》里的最后一个短章：

> 闪亮地生活，创作一首诗；
> 前行，增加大地的宽广。

曾留下那么多脍炙人口优美诗篇的老诗人，为什么独爱这首看似平淡无奇的短诗？我曾就此问过阿多尼斯，但他对我会意一笑，说道：“这个问题，应该由你回答。”

在为写作这篇序言冥思苦想的时刻，在一个暑气扰人、世事烦心的夏日之夜，我似乎找到了答案：

人生固然可悲可叹；然而，人，只有闪亮地活着，才能穿越笼罩世界的黑雾；只有永不停歇地创造，才能把生命谱写成一首诗篇；只有义无反顾地前行，才能在大地上留下通往光明的履痕。是的，只有这样，逼仄而阴暗的人生才会豁然明朗。这是阿多尼斯在青年时期唱起的生命赞歌，也是他毕生信念和历程的写照。凭着对诗歌、对生命怀有的传教士一般的信念，年近九秩、饱经沧桑的老人，依然初衷不改，歌吟不辍：

我谈论虚无，
却把奖赏赐予生命。

诗篇中的风不会哼唱小曲，
它席卷，欢舞，高歌。

读者朋友，让我们一起去感受阿多尼斯的诗篇中拂面而来的风吧！

《风中的树叶》(选译)

（1958）

风中的树叶

因为我在行走，
我的棺材赶上了我。

我行走的道路，
将把神灵送往垂帘之后，
也许我能把它替换。

我脚步的话语被我的远方复述：
也许生命，
比一捧泥土中的一个气孔更加窄小。

像游戏一般，
在我的四肢内，
奔跑着疲惫的风，
是惊骇于我的火焰吗？
——风儿栖身于我的笔锋，
藏匿于我的书中。

在我四周,在清晨的脸庞,
有一块锈斑,
以爪牙和犬齿的形状留在我门上。
我借明天凝视它,
我以我血清洗它。

无声折磨中那个未知的约定,
是缝制我皮囊的一根针。
我的道路迷失了:
在哪里,阅读我书籍的天际之脸庞?

我的祖国深陷于荒芜的迷宫。
这是明天?我不属于这个明天。

世界之河灌满了
来自地窖的污水;
大地,自创始之初,
就熄灭了明日的蜡烛。
再生的我如是说:
“我迈开逆行的脚步。”

为了说出真理，
改变你的脚步，
准备好：燃烧成火树。

只要我愿意，
我心中的全世界崭新如初。

因为他用自己的血浇灌话语，
因为他比周围所有人
更为高洁不屈，
人们说他是个瞎子，
并且剽窃他的话语。

就连罪过，
也身着闪亮的形象，说道：
“我的直觉是最初的绝对，
我的经验是肇始。”

梦携我浮起，
我因为爱恋而迷失，

几乎陷入银色的荒诞里。

不,不,我喜欢,我喜欢相信:
我张开翅膀,让它们翱翔天际;
于是,翅膀如碎片飘洒遍地。

怀着厌倦的落魄,
我每时每刻都在
填平希望的湖泊。

在我体内有一个向导,
引我踏上路途;
在途中有火烬熄灭,
也有火焰冲天炽烈。

我用等待的时光,
抹去灰尘的蛛网。

明天之后我要修建
昨日的我的宅邸;

昨日犹如坟场,

啊,仁慈的太阳!

扎根于“拒绝”的我的历史对我说:

隐身于世界之外,才能感受世界的存在。

去战斗,直到石头能抵达太阳,

抵达未曾期待的瞩望。

在小如念珠的能量里,

依然有一缕曙光,

一丝幽亮。

不,果实尚未被采摘,

它依然是被期待的胚胎。

但愿现时的一切都被颠覆,

但愿它的脚踵能够梦想,或者写作。

春天说:

即便是我，也迷失于我浪费的分分秒秒。

我是不能被照亮的光室：
我的焦虑是荒山上的一束火花，
我的爱是一座绿色灯塔。

在我血管里，顺从之梦在小憩，
一把吉他却在哭诉：
黎明为何不描画我的脚步？
太阳为何不在我身后匍匐？

在我的国家，洞穴在我前面行走，
那洞穴由鲜血、暴虐和狡诈造就；
在我的国家，天空用线缕搭建，
弹指一拨，万物在瞬间塌陷。

夜的尸体和城市的变色龙，
在我恐惧的眼帘间舞动；
我以忧伤的阿什塔尔[①]为面具，

① 阿什塔尔：近东一带古代民族崇拜的司掌爱与美的女神。

描绘出疾风和骤雨。

昨天,一只老鼠
在我迷失的大脑里挖了一个洞;
也许,它想栖居其中;
也许,它想占有其中一切迷津;
也许,它想变身为一种思想。

给老鼠一根皮鞭,
它会像暴君那样趾高气扬,
老鼠的子宫里挤着一只羊和一头狼。

拽住他舌头,为他戴上嘴套,
用不了多久,他会成为聋子死去。

他把自己的过错,
纠正为光芒闪烁;
他将如何启程上路?

可能性的面孔啊,天际的面孔,

更换你的太阳，或者去燃烧！

最为深刻的，是让我隐去，
让我寄身于一位陌生客，
以便提出问题，或者回答。

在我身后如雷鸣海啸的那一代，
我为之献出所有歌声的那一代，
虽然尚未诞生，
但它的脉搏已在祖国深处萌动，
正在用太阳之手，
焚烧腐烂的衣衫，
凿破昔日的堤岸。
在我身后出现的那一代，
如水流奔涌，如雷鸣海啸。

我掀翻了我的宝座：
在得意嬉乐之时，
我暗中为自己打造棺材；
在疲惫不堪之时，我前行。

干枯了,我的神经干枯,
如同草秸,如同樵夫的铁斧,
是什么异物潜入我的皮肤?

因为回声在天际轰响,
心和祈祷属于未来,
风不会衰老。

我就近观察上帝。
借助烛光的视力,
胸中还有一团火焰:
只有他,懂得什么是疲倦。

我不会折腰,
除非是为拥抱故乡。
我是信仰者的前额,
是一位慈母哺乳的胸膛。

他把生死等同于自己,
他用双眼书写昼夜,

他的文字把橡皮抹去。

因为他生活在回声和纷乱中，
他的感觉已经死去。

这个世界，自远古到今日，
从没有浇灭过……
一次渴望。

监狱倚靠在两只虱子身上，
一只怀孕了，另一只死去的，
把食物吐在木碟里。

洞照一切的未来之烛，
为什么，我害怕短捷的道路？

我感到被隐匿之物在我身边生长，
我的步履是发现，
我的行程比一切道路更遥远。

困惑的明日如是说：

即使旋律从鸟儿的口中迸出，
树枝也不会欢欣鼓舞。

这个世界，它的建造者，
越发把它掷入迷津。

头在面孔之下，
头上有一根手杖，
戏弄他的绝望。
夜晚如同血块，
凝结在他的心房。
双眼后有个故事，
尚未演绎成文字；
主题是戒心和疑虑，
结局是一个个悲剧。
一生犹如罅穴，
凿开是黢黑隧道；
人生说来漫长，
也无非两块面包。
明天在昨天之后，

他内心是凋萎的废苑。

当触摸到他的肢体，

大地也惊恐骇然。

脚下虽阳光灿烂，

心头似坚冰冻结。

分分秒秒的时光，

在他直觉的泉流碎裂。

心思细如一根麦芒，

愁绪柔若一株芦苇；

心中已不存他念，

眼帘如槁木枯垂。

不要说他的绝望已殁，

绝望在于他尚有脉搏。

在死亡之后，

没有声音能再现我的声音。

你能否把我理解：

我像生活一样深沉而辽远，

风儿栖身于我的愿望，

烙铁在我的舌头之上，
你如何确定我的爱憎和理想?
你能否把我理解:
太阳是我眼睛的色彩，
冰雪是我脚步的颜色。

对大地最深刻的诠释，
来自临终者的叹气。

我和别人来到世间，犹如梦幻一场;
我也将如一场梦安心离去，
因为我为人间增添了一个清晨，
翅翼的一次扇动，一个姓名。

他拒绝上升，
除非是袅袅燃烧，
怀着一团不熄的火焰，
还有丹心一片。

闪亮地生活，创作一首诗;
前行，增加大地的宽广。

《纪念朦胧与清晰的事物》(选译)

(1988)

纪念艾布·泰马姆[1]

（艾布·泰马姆回忆录选段，由大马士革的米赫亚尔[2]记述）

在贾希姆[3]和巴格达之间

1

这片天空俘获了我，将我监视，

我要前往另一个所在；

那里，黑夜是骏马，

白昼是一位骑士。

2

我的感官在旅行，

① 艾布·泰马姆（788—约846）：阿拔斯王朝大诗人，出生于叙利亚，在哈里发穆阿台绥姆时期成为巴格达的宫廷诗人。他主张诗歌革新，其作品表现了深奥的思想和哲理，被部分学者视为现代朦胧诗的鼻祖。

② 大马士革的米赫亚尔：诗人根据阿拔斯王朝同名历史人物虚构的记述者，曾出现于诗人早期多部作品中。

③ 贾希姆：诗人艾布·泰马姆诞生地，位于今叙利亚南部城市德拉附近。

几乎甩我于身后，
而我的声音，迸发自
风的喉咙。

3

树木是话语，
光在书写距离。

4

我在阅读，
大自然的词语在我四周聚拢，
物质的脏腑纷至沓来，
时间的肢体充满暗示。

5

贾希姆正在远去，
我的躯体与我分离，
而头颅在身后追赶。
我躺在一棵垂柳树下——
垂柳既然与河水厮守，

为什么不愿宽衣解带?

6

我在游荡,
听风在我的记忆里哭泣;
不曾想,
枣椰树在我的步履间游戏。

7

巴格达的时光不是老翁或儿童,
在巴格达,时光是一朵玫瑰,
我在犯愁:如何抓住它,
不让它消失。

8

这里的石头像面孔一样憔悴,
尘土拖拽着长袍,覆盖了海湾。
在每一个方向,
都有一棵在等待另一次授粉的椰树。

9

让这片树叶进来，
让它叙述巴尔达河[①]畔所见的一切。

10

这就是巴格达的太阳——
为什么，我为它打开天际，
它却让我备受烤炙？

11

祖国？没错，
但前提是
她也要归属于我。

① 巴尔达河：流经大马士革的一条主要河流。

某一天日记

1

云彩在为未来劳作，

但雨应该证明劳作有效。

2

船只承载着大海，

大海，

承受着梦之舟重压。

3

青蛙穿着水的鞋履，

鸟儿穿上最美的衣裳迁徙。

4

风，

倒在自己织就的窗前。

5

太阳犹如一位公主，
在天际的厅堂落座。
朋友们纷至沓来——
蜘蛛和飞鸟，
蝴蝶公主和蜜蜂女工，
知了和蜥蜴……
所有宾客都怀有一个愿望：
让太阳乘坐御辇出行，
把王权留给来宾。

6

从这些树梢，声音传来。
风可以传达声音，
却无从知晓其含义。

7

诗人写作的时候，
身体变成了一把吉他，
由语言的双手弹奏。

8

我沉默了太久，

于是话语从我的四肢迸发。

9

我的脏腑缀成的时光啊，

我的诗篇是你身上的彩画，

我的声音是修饰和点缀。

10

身体，变成安卧于水面的睡莲；

身体：统辖火焰之湖的君王。

大马士革的米赫亚尔提出的问题

1

我走下许多台阶,想要抵达你的深处。

有时,我以为自己已经抵达,

但我很快发现,

又有许多台阶在脚下伸展。

你到底住在何处,啊,比邻者?

2

你的诗歌是先于脚步的预言。

山峰啊,是否因此,

你至今犹如翅膀一样,

在我们四周鼓荡?

3

你几乎把词语变为高山,

你在山巅端坐,

你在那里永远不会坠落，
你在那里等待玄秘向你走近，
此刻，不正是玄秘，
向你走去，用睫毛擦拭路径？

诗歌艺术

1

树叶是一个字母，
飞舞在空中，
寻找它的枕头。

2

季节不是四个，
一周不是七天，
一年多于一年，又少于一年。

3

汁液书写纸张的悸动，
纸张书写融化于光明的黑暗。
于是，
每当纸张想要描述结尾，
写作都把它引向开端——

纸张啊,你是对的!

4

在树木和风的对话中,

树梢之唇经不住灰尘之吻。

5

在空气打造的花瓶里,

花儿散布芬芳。

6

蝴蝶是一只

盛满了色彩的箱子。

7

形象是灯,

是话语身躯上的粉色动脉。

8

在形象照亮的话语中,

仿佛每一个词语，

都是一个站着做梦的人。

9

你该走进黑暗的脉搏，

以便更好地预知光明。

10

透明也是一种遮蔽，

就连太阳，

也几乎成为一道阴影。

纪念艾布·努瓦斯[①]

（诗人艾布·努瓦斯简史，根据传闻及诗人作品记述）

传闻

1

孤独和恐惧之火，

世界在烹煮穷困。

2

太阳：穿着黑衣的女人，用光明遮脸。

这就是巴格达——

忧伤与欢乐同在，

沙子嫁接了椰树。

他向太阳敞开心扉，

① 艾布·努瓦斯（762—813）：阿拔斯王朝大诗人，出生于波斯，在哈里发哈伦·拉希德执政时成为巴格达宫廷诗人。他主张个性解放，反对宗教禁欲，创作过大量赞美青春、美酒、爱情的抒情诗，在文学史上以“咏酒诗人”著称。其勇于革新、突破传统的诗歌实践和理论对后世影响极大。

他摸索朝向太阳的门扉。

3

他把时光许配给脚步；
于是,他走出语言的雄辩,
走进身体的雄辩。

4

他的身体支配他,
在他身上结下敌友。

5

他知道别人如同面罩,
尽管如此,
他用物质的文学装饰外表。

6

他,被他的创造物杀死。

7

在他软弱时，

他用一朵花作为佩饰，

去跟世界决斗。

8

不要拿他衡量别人，

不要拿别人衡量他：

雷同即歪曲。

9

他走进物质的血液，

遍撒火炭，

他把焚烧的烟雾混入空气。

10

他用双脚的尘土

描画天际的眼帘。

回忆录

1

树木葳蕤,花粉袭来。

这是令人迷乱的气息,

这是黄昏招展的旌旗。

2

怪哉,那位迷途的恋者,

他不是我,

却也不是别人。

3

夜晚喜欢他的围巾,

月亮,在酒肆前面落脚。

而我,死神的小丑,

我在聆听肢体的声音:

历史呈铁锈的颜色,

水,不是在水中。

4

这是一个糟心的时代,
它的脸上长满疙瘩。

5

我的国家被我的词语照亮,
我在其中生活,
仿佛把脑袋夹在腋下。

6

黄昏把我带入各种可能,
我的面孔一分为二:
一侧在白昼,一侧在黑夜。

7

黄昏,是大地视觉的一阵恍惚。

8

街巷——

一串一串的呻吟，

在其间下垂。

9

国家——

骆驼的骨架，

小鸟的头颅。

10

我融入群体，放弃了最远的所在，

我不属于现实，

也不属于幽冥，我是

愿望和愿望之间的一个愿望，

光和光之间的一道光。

11

世界向我走来。

爱人，你的心是一根羽毛，

我的心是风，
你带来折磨，而我请求更多！

12

我曾抓住街道，对它说：
你的树木，让空气臣服于树的欢欣，
在空气中，有一片醉酒的天空，
还有响铃。
历史：
是这个世界的附属品
和填充物。

言谈录

1

我知道:
你的病是梦,而现实并非治你的药。
兄弟,你能否做我的向导?

2

你总是出乎时间的意料,
因此,你是一个永久的创伤,
你的名字是黎明。

3

只有从你的双唇中,你才能降生,
你只能在问题中降生。

4

把你的身体跟别人的身体对换,

把你的脑袋托付给另一具身体，
然后高喊：
谁想做个尝试，顶上我的脑袋？
于是，时代为你张起华盖。

5

你怎么会获得知识，
倘若你只用语言，
而不是用你身体发问？

6

女人！
你被用一根肋骨创造，无法笔直，
你高贵的曲线，让我乐此不疲。

忏悔录

1

这个夜晚我感到恐惧，
恐惧与爱情如影相随。

2

当我注视天空，我一眼不眨；
当我注视女人，我情不自禁。

3

我立身于欲望之上，
创造的脉搏是我的向导。

4

我生来追求异端，
真理成了我的伙伴。

5

我发誓放荡不羁，
在迷途我一意孤行。

6

忧伤地，
我让欢乐投生于秋天的身体；
愉悦地，
我对我的身体窃窃私语：
你的脆弱，值得欣喜，
令人醉迷，啊，紫罗兰！

7

温柔而狂野地，
我被折断，我的躯体四散；
尽管如此，
我要的不是岸，我要海浪翻卷。

8

我拥有从梦想通往物质的桥梁，

我让困倦的大地神伤，
我拥抱四射的光芒。

9

在我肺腑中发出动人轰鸣的黄昏里，
在世界肺腑中发出动人轰鸣的黄昏里，
所有的时光诞生，
变成我的一张脸庞；
仿佛轨道在震荡，某个事物将要开始——
循环真的圆满了？
这个世界正在终结吗？

墓碑

1

我用形象之水洗濯内心，
我磨炼我的肢体。

2

梦想承载于湖泊之上，
湖泊是一具融化的身躯。

3

幼发拉底河将为我的死而悲伤，
它的泪水将一如既往地流淌。

纪念麦阿里[①]

童年

1

在童年，他的拄杖与道路结下友谊，
黑暗留下他脚步的记忆。
自那时起，他把词语和天空连在一起，
把两者的面孔混为一谈。
他还知道，死亡，
是他唯一的花园。

2

他行走，不是为了散步，而是为了探询；

① 麦阿里（973—1057）：阿拉伯文学史上最杰出的诗人之一。出生于叙利亚北方，幼年因患天花而双目失明，成年后曾去巴格达谋事，未成，后返回家乡离群索居，专心著述。他崇尚理性，反对迷信，对宗教也持深刻的怀疑态度。因个人不幸，并对社会阴暗面有广泛了解，他对人生的认识较为悲观。因诗作带有鲜明的哲理色彩，他被称为“诗人中的哲人，哲人中的诗人”。

空气在树上奏乐与他相伴。

每当前行,他都感到自己坠落,

落入他想要待在其中的罗网。

3

他不关心,风会去往何处。

日子

1

你说：空间荒芜寂寥；

你说：存在是一把黏土，人被他人算计；

天空被夜的镣铐紧锁。

2

怪哉，这个时代——

这件蒸汽的衬衣！

怪哉，这片天空，

矛枪的刺头撑起的穹隆！

3

灰尘把身体当作枕头，

历史：血的沼泊里的气泡。

4

困惑的不是我，

而是我栖息的这个星球。

5

我不和一物相连，

却将万物纳入心中。

6

欢乐生来是个老人，

死去时却成了儿童。

7

世界是个水罐，

话语是放置它的废弃地窖。

8

这是不眠君临大地的时刻，

血液在凝固，

折磨是时间的气味。

9

你看那忧伤——
它在家里离群索居,
见不到一张配得上它面容的脸庞。

10

比我的舌头对我更加直率的死神,
比我的身体对我更加温柔的死神:
我究竟属于谁?
我如何能获得新的模样?
战栗之态是否不同以往?
啊,全新的体验!
啊,失灵的本能!

11

从蝗虫的脸上升起的黎明,
和从蝙蝠的眼里消失的黄昏之间,
他们的忧伤洒落在纸上,
我的忧伤和源泉一起流淌。

12

是谁在和灰尘私语?

是谁把稻秸放进眼里?

我怀疑……

我以为……

我暗示……

难道我知道得最多,

我的困惑因而最多?

13

我笑着向灰烬发问:

你真的以为,在你身下藏着火焰?

是什么智慧在引导你,你这老头?

14

麦穗啊,你怎么可以拒绝

麦粒漫漫修远的旅程?

15

夏天把它的罐子敲碎,冬天的时光停歇,

春天的一些碎片,被秋天的拖车牵引。

16

我不会为这样的人感到惊讶:

像苔藓一样生长,像霉菌一样被揉碎;

我不会对被杀者拜师杀手感到惊讶。

17

我不相信太阳不相信月亮,

星星也不是枕头或梦想。

我相信灰烬——

树木在惊慌,

石头在冒烟,

乏弱鼓荡于大地之上。

18

你说吧:死人正在照料活人,

世界是死神的花园。

对话[①]

——盲人,你看到了什么?

——"世界何其贫乏,我在其中何其贫乏!"

——盲人,你看到了什么?

——"火将熄灭,虽然火舌迫近云霄。"

——盲人,你看到了什么?

——"我背信弃义的内心,我该相信谁?"

——盲人,你看到了什么?

——"仿佛我的话语是风的使者。"

——盲人,你看到了什么?

——"他们磨刀霍霍,说一通废话,

然后问道:各位意下如何?

人们答曰:大人所言极是!"

——盲人,你说了什么?

——"我的身体是掷于大地的布头,

众世界的缝制者,求您把我缝起!"

① 以下对话中,"盲人"的话都选自诗人麦阿里的诗句。

信件

1

以前,你是盲人,
但现在,你是未来——
你在阅读道路和天空,
树木和田野,
你在阅读众生。

2

你是多重的,你同时言说某个事物及其对立面。
尽管如此,你并不矛盾。
你不在乎所谓真理,
你只在乎发现虚无、怀疑、困惑的瞬间。
当你展现存在之状的时候,
你把读者抛入虚无的氛围。
这种虚无不是某种体制,
而是世界的空气、气味和运动。

是否因此,你创立的一切,都旨在质疑、解构和摧毁?

你跟世界订立的唯一盟约,就是写作之约。

你把写作视为迎接死亡的方式,

写作是死亡对你产生的欲望,

它是从词语中流出的深渊,犹如血液流自血管。

似乎你要告诉我们:写作就是吸入空气——即死亡本身,

就是永不停息地呼吸。

于是,你不厌其烦地言说死亡,

难道一个人会厌倦呼吸?

死亡是静默,

写作是为这静默做好准备,并向它致敬,

是让我们精通静默之道,了解如何迎接死亡,如何去死。

写作是这个无躯体之物的躯体,

它不会导向任何确信,

相反,它只会导向更多怀疑和困惑。

它是永久的质疑——即另一种形式的死亡。

是否因此,你谈起死亡津津乐道,

正如奔腾不息的大海,

正如随风扬起的沙漠?

是否如此,你——永远、同时——是你,又不是你?

注解

1

这个世界不是正在死去，确切而言，它已经死去，因为在本质上，它就是死亡。

2

死亡消解了意义，正因为如此，死亡本身也不再有任何意义。

3

生命产生了那本是生命自身的死亡。

4

为了生存，生命以死亡为食粮。

生命是昨天、今天和明天的死亡。

5

人，是一种持续死亡的状态。

6

“死”是人的身体,“无”是人的居所。

7

在阿拉伯语中,“死亡”是阳性词,“灵魂”是阴性词。

两者之间有着婚嫁和姻亲的关系。

灵魂只有在这样的婚姻——死亡中,才能真实地发现自己。

死亡是宇宙的性爱,做爱便是真实的存在。

8

走进死亡是一场婚宴,消融其中是一次酣醉。

9

死亡永远年轻,只要灵魂也是年轻的,两者的婚姻就幸福。

出生是一次离散。最大的幸福莫过于不要出生——继续合一于本源:死亡。

10

生命是病,死亡是痊愈,

死亡是滋养人这株水仙的水。

《身体平原的迷途骏马》[1]

① 据诗人自述，几年前整理手稿时，发现这一部分内容（大约创作于1980年代）此前并未单独结集出版，后收入2014年出版的《阿多尼斯诗歌全集·第五卷》（贝鲁特萨基出版社）。

身体平原的迷途骏马

今天,太阳升起之前,
我家的紫罗兰背起背包,
搭上空气的列车。

我在风口不眠,
以便能够独自入睡。

我在这里、在此刻的生命,
是一架倚靠在死亡身上的梯子。

孤身独影,
并非因为我被人遗弃,
而是因为我找不到想要寻找的东西。

梦把它的闺房向恋人们敞开,
他们答应前来,
却总是食言。

在哭泣的垂柳树下，
我度过了童年，
而今它忆起的，只有泪水涟涟！

答案是一座监狱，
问题本身也是一重围困，
除非是为了更多的困惑而发问。

这一次，我决不让黑夜陪伴我，
在我通往白昼的路上；
这一次，我决不让白昼陪伴我，
在我通往黑夜的路上。

树木喜欢聆听天空，
是否因此，树把耳朵
贴近风的胸膛？

女人——
一朵双眼噙满泪水的云彩。

就连云彩自己，
也不知如何阅读雨的作品。

照亮我的那道光明，
依然处于童年。

女人——
无论走到哪里，
夜晚都在她身后相随。

我的忧愁有一扇隐秘之窗，
此刻，有两只隐秘之手，
在擦拭它的玻璃。

群鸟是节奏，
属于黄昏书写的诗篇。
地平线是大海，
云彩，是天空的睫毛。

身体有多种语言，

但血只有一种语言：
通常，它是离别的语言。

去闻闻那位美女的芳香：
是空气选择她，
来拯救芳香。

日落时分。
请看太阳正身着红衣，
前去看望夜晚。

我的祖国在我体内栖息，
不愿迁徙它处；
她最远的旅行，
是在眼睛和心灵之间漫步。

我在童年曾经试图
把旭日塞进本子，
把落日注入墨水瓶。

身体是距我最远的，
因为
它离我最近。

夜晚也会脱去衣衫，
为了更好地睡眠。

你多么美丽，当你破碎的时候——
啊，记忆的银铃！

他，那位读者，
喜欢树不是因为树本身，而是因为果实，
仿佛他不在“欣赏”美，而在“吞食”美。

无论你远行到哪里，
你不会抵达比内心更远的所在。

我曾种下一棵树，
它已把我遗忘。

我靠着森林的臂膀入睡，
我和许多溪流、田野交谈，
然后我才找到，
我此刻说出的词语。

这棵玫瑰树，
解下芳香编织的纱巾，
把它披在风的肩膀。

我不认为所有树木都长着同样的眼睛，
否则，橄榄树怎么会有
那么独特、高贵的泪水？

黑夜以为
它拥有收割白昼田野的镰刀。

农民用耕种书写田野，
收获即是阅读。

玫瑰树倚靠在夜的腰间，

在梦里为芳香寻找一个家。

我的双脚,拥有一个我的道路不曾有的秋天;
我的身体,拥有一个我的词语不曾有的春天。

日子——
驰骋于身体平原的迷途骏马。

他无法定居,
他痴迷于迁徙,
不过,是在光的疆域。

每当白昼离去,
总会在手里拈一朵凋谢的玫瑰,
所以,白昼永远绽放。

他的梦,是在他身体上空盘旋的飞鸟。
梦说道:天空何其狭窄!

他的时间长着翅膀,

谁也不知它们来自何方。

欲望是他身体的母语。

他用心衡量永恒,
于是,在他死后,
他化身为时间的孪生弟。

有时,
为了给诗歌增添身体的色彩,
他擦去词语的色彩。

以彼此的名义——
道路,请祝福旅行的烦恼;
旅行,请祝福道路的烦恼。

这朵玫瑰困倦而不安,
似乎在等一朵云把它遮盖。

闪电击中我的屋子,

它在屋里只发现——
飞舞的纸片,
在赞美惊雷。

闪电啊!你做得对——
你背对天空,
却把脸朝向我!

整个夜晚,
风的手没有离开
我家门前的那棵树,
我仿佛觉得,
它是我的肢体。

时间啊!请把你丢失的头颅给我,
我将还以
你在寻找的身体。

表皮不知道,
它就是内核,

只有一个例外——灰尘。

你呀,玫瑰,
唯有你独占我的梦想,
但我知道:连我的睫毛也会被你遗忘。

时光忘记了它的语言,
当它诉说身体的时候。

我的词语淹没在意义的水中,
形象啊,请帮我拯救它!

芳香费尽力气,
只为离开蓓蕾。
是否因此,它一去不回?

天空,
在攀缘大地的颈项。

我不知道,为什么,昨天,

我和诗歌一起，
打铸了一副金面具，
把它赠予灰尘的面孔。

这个早晨，
我见太阳走下船，
爬上我家墙壁。
你好，来客，
你在我家发现的，只有黑夜。

自从太阳吻了它的额头，
这朵玫瑰为什么开始枯萎？
难道它在爱恋夜晚？

困倦把眼帘置于黑夜的眼帘之上，
黑夜把头颅靠在我的怀抱。

彩虹坐在太阳面前，
它没有请求天空的许可，
它只向云彩提出请求。

那片天空，
昨天在我的诗中坠落，
那是一片乌黑的天空。

有时候在早晨，
我把时间当作甘泉啜饮。

在和森林对话的那些瞬间，
我应该把风的腰肢当作枕头。

有时，我注视春的树木，
只为聆听秋的音乐。

一朵玫瑰，
你不妨在它面前入睡，
就如同它是一个女人。

诗人的身体，犹如他的想象，
永远在旅行，
即使他足不出户。

今天,太阳从山的后方升起,

我在临近日落时才晓得,

那是一座忧愁之山。

据说,天空爱他。

可是,他却说:

我一次也不愿

搂起它的臂膀。

天空下着雨丝,

彩虹走下雨的梯子,

在她家门前歇脚。

我的疲惫有一个身躯,

有时,我靠在它的肩上,

有时,我躲进它的胸口。

世界是一个流动的真理,

在你手指间流淌,

你能感受它却看不见它——

这岂不正好!

心是一个疯子,
但它不会迷途,
除非迷失在大脑中。

时光在不停地书写信件,
但它用水署名。

在某一个瞬间,为了示爱大地,
整个天空都变身为一面镜子,
以便让整个大地,
都变身为一个女人。

谁借助书本阅读世界,
就如同借助一捧水,
去阅读汪洋。
不,应该借助世界阅读书本。

女人,

她的脚步是时间之城的门槛。

什么是现实?
——被书写的单词。
什么是幻想?
——被阅读的单词。

声音——
词语墙壁上的窗口。

我时常觉得我的身体犹如刀剑,
希望令它变钝,绝望让它锋利。

每当看到确信,
我期待与之搏斗;
每当看到怀疑,
我期待与之对话。

是天空给我捎来
这封由风书写的信件:

"如果你有意
让岸陆或波浪把你拥抱,
那就毫不迟疑地选择海洋。"

今天,我和树开始了第二次友谊,
以便向它请教如何阅读风。

他徘徊彷徨,
从他枝头垂下的,
唯有地平线。

忧伤——
蜘蛛在世界的面孔上织起栖所。

性是脐带,
将黑夜与白昼,
连接成同一具躯体。

风不停地言说,
却从不要求任何人聆听。

玫瑰栖息于色彩的宅邸，
旅行时搭乘芳香的舟船。

国家茫然地坐在
一堵叫作空气的墙下纳凉：
这便是我的祖国。

空气啊，请允许我，
把我生命抛给你，
成为你指间的一片树叶。

空气啊，请允许我，
如一条纱巾从你窗口垂下；
不为告别不为相会，
只为一种我无法称谓的事物。

空气啊，请允许我，
任由时光在我周身安营扎寨，
而让我游历你的际涯。

空气啊，请允许我，
把我的名字加入
那本你在光的簿册上，
用白色墨汁写就的字典。

空气啊，请允许我，
熔化了你曾托付我照看的
梦的钥匙，
让它与我的肢体熔合。

空气啊，请允许我，
如诗人一样穿透你的帷帐，
为你创造另一种空气。

空气啊，请允许我，
爱你，一睹你体内的所有奥秘，
直到我无法区别
你和大海、光明、天际，
无法区别你和我的身体。

空气把双手搭在我肩头，
开始教授我道路的常识。

在爱情，她的第一处居所里，
时光借着玫瑰的身子徜徉，
玫瑰借着光的身子徜徉。
在时光，她的另一处居所里，
灰尘借着风的双脚漫步，
风借着灰尘的双脚漫步。

“欢乐和忧伤是同一股水，
我只品尝过
两者混合的液体。”
她说道，她的双眼沉入梦的湖泊。

我的理智更愿意相信岸陆，
但我的心只相信大海。

我的梦想是高高的窗户，
然而窗帘，

是由忧伤之手织就。

确信,是写作罹患的疾病。

时光道出了一切,
除了时光自己。

大地是万物之母,
但它永远是处女之地。

沼泽地受到雨的宠幸,
不亚于源泉受到的宠幸。

时光是一只硕大的盘子,
其中盛满了泪水。

云彩有时会挠破地平线的脸庞,
太阳赶紧上前包扎。

是的,我要在我的想象里,

为意义之鸟播种森林。

现在,你就去注视月亮:
你有没有看见一张脸?
有没有看见这张脸的旁边,
有一棵玫瑰树,或许是枣椰树?
有没有看见脸的后面,
有两只手在打着手势?

我知道如何用大地的丝线,
为天空的身体编织衣裳;
但我仍然不知道,
如何用天空的丝线,
为大地量体裁衣。

玫瑰自从开始绽放,就开始凋零。
玫瑰的生命也是它的死亡。

蜘蛛之家不是家,
那是罗网。

就连沙漠,也有属于自己的狭窄海域;
看哪,
有几只船,连海市蜃楼都不能把它们承载。

几棵树正在写作,它们把笔
蘸进天空的墨水瓶。

东方,我们的东方疲惫了,
我看它犹如麦穗弯下了腰。
神灵之风啊,在它的上空,
甩起你的发辫吧!

玫瑰的静默就是呐喊;
但是,听见它的不是耳朵,
而是眼睛。

生命为死亡着装,
死亡,脱下生命的衣裳。

了无牵挂的你啊,

你是被你遗弃的那一位的囚徒。

我忧伤的天空，
只屈从云朵的意志。
这样的天空我如何掌控?

这根蜡烛真是多情——
它每次告别夜晚，
都要抹一把泪水。

大地是万物的居所，
天空只是天空的居所。
那你为什么还问：
“大地和天空，
何者更美丽？何者更辽阔?”

“我谈论虚无，
却把奖赏赐予生命。”
——诗歌对时光的权威如是说。

我喜欢美好的敌人——
只有在他的大脑里，
我才能彻底醒来。

每一个黑夜，
忧愁都在欢乐床边点一盏灯，
然后阅读爱的传记。

白昼是一颗种子，
在黑夜的田野里萌芽。

空气是一位骑士，
灰尘是它驾驭的最快骏马。

诗人们在抱怨世界，
文字却在抱怨他们。

我时常想提一个问题：
大自然从事的职业是什么？

朋友,你播撒的
数百万页书稿,
能够转变为一粒核子
或一截根茎吗?

我的痛苦,
缓慢地、沉重地,
在我深处攀缘;
可是,当它抵达我唇间,
它摇身变为翅膀。

群山——
星星就座的椅凳。

大海是水以外的别的东西,
就连水也为此作证。

我的错误是一本书,
而不是一些日子或工作。

云彩——
大地披在肩头的纱巾。

一朵玫瑰问我:
你在心脏那个地方放置了什么——
在我注视你的时候?

我的步伐啊,请你穿上树木的根须!
我的睫毛啊,请你模仿
天际的睫毛!

黎明不会把双翼合上,
哪怕它受到飓风的围困。

或许,写作只是一片树荫,
我们借此在语言的沙漠庇身。

有时候,我的话语始于
描画了石头面孔的静默。

孤独，

并非因为我孑然一人，

而是因为我泯然众人。

在白天，我和梦想一起度过时光；

在夜晚，梦想和我一起度过时光。

那永远干渴的身体，

怎么会停止哭泣？

我来自一块土地，

它的颈项和天空之颈相连。

可是，这里的生命只来自一个方向，

而死亡却来自四面八方。

这块土地上的生命真是奇怪——

据说这里受到上天宠爱，

可为什么只出产死亡？

在田野，玫瑰以相会的眼神打量你；

在花瓶，它以诀别的眼神打量你。

时光啊,我拄在永恒台阶上的拐杖,
你现在怎么断裂了?

在断头台的眼里,
天空也是被斩断的头颅。

被春天的臂膀搂着,
我走在秋天的坡地。

我要和云彩合议,以便将雨解放;
我要和风合议,以便让云彩和我
获得解放。

有一种朦胧的气息吹来,布满我的道路,
它并非来自祖国,
也不是来自流亡地。

我的日子不是云朵,
我的日子是破碎的船只,
沉没在我的脏腑。

灰尘在诉说，
风在工作。

黎明改写了它的诗篇，
在它阅读了太阳的序章之后。

阿拉伯的哭泣之河啊，
你原来是父亲，
不久后，你将成为祖父。

我以为，这些山岭不是石头和泥土，
而是向上登攀的大自然的气息。

有一回，那时我还是童年，
我在时间的花园摘下玫瑰。
此刻，它依然在我手指间枯萎。

倦意从他的双眼涌出，
溢满了他的房间。

诗歌不会前往任何一个城市，
除非由看不见的城池护守。

伤心人不会通过火获得温暖，
他通过哭泣获得。

诗人，请你早点醒来，
看光明如何低眉下首，
洗濯大地的双脚。

你不会见到一张床，
同时温暖又寒冷，
如同记忆之床一样。

是太阳将光明射出，
尽管如此，
太阳仿佛是光明手执的一个球。

风——
同时是殓衣，又是床榻。

玫瑰用睫毛
覆盖了太阳的脸。

昨天，西下的太阳，
仿佛睡在
一朵凋谢玫瑰的怀里。

在他看来，诗歌犹如一块面包；
在我看来，诗歌犹如一粒种子。

为了真的懂得小鸟，
我们应该阅读石头。

安宁让我感到焦虑，
焦虑让我感到安宁。

是的，诗歌无法抹去黑暗，
不过它能够
拓宽光明的边界。

每当我以为找到正道，
我都陷入更深的困惑。

云彩，
犹如移动的衣裳，
隐现于
天空的身体。

词语不止是家，
它还是朋友。

我嫉妒树木，
因为它拥抱所有的方向，
尤其是高度和纵深。

当你凝视
从花木飞散的花粉，
你会情不自禁发问：
这真是为了新生命诞生的授粉？

她对儿子说：
我的身体是一朵玫瑰，
你是它散发的芳香。

云彩飞舞，
但翅膀是水做的。

白昼跨下被黑夜耗尽体力的马匹，
开始在太阳的街道徜徉；
黑夜跨下被白昼耗尽体力的马匹，
开始在星辰的巷陌徜徉。

如果水清澈无比，
何必问源泉何在？

夏天度过了最后的日子，
正在倾听秋天的脚步。

快感是波浪，
翻卷于爱的海洋。

蝴蝶的翅膀——飞行的道路。

空间也会死亡，
也会被埋葬——
葬在记忆里。

我周边的死人太多了，
我在何处埋葬他们——
如果不是在语言中？

昨天，夜晚集合了
它所有的老爷车，
开始在我眼前展示。

有没有这样的耳朵，
能听见蓓蕾绽放时的喘息声？

玫瑰凋零之前，
已在大地的花盆里，
流下最后一滴眼泪。

为什么最深刻的相会
只有在某种黑暗中才能实现?
光明是否意味着离别,
或是离别的前奏?

语言在不停地欺骗,
身体永远道出真情。

我们对着月亮、星星夜谈不眠;
有没有可能和太阳做一次夜谈?

湖泊几乎要合上眼帘,
把荷花盖上——
当我试图采摘它的时候。

让人思眠欲睡的,
不是夜晚来临,
而是向着黎明行走。

是的,我看见时光受了伤,

我见它正躺在诗歌的怀里。

星辰不会缀补衣裳，
除非是用夜的缝针。

昨晚，夜姗姗来迟，
它把翅膀留在我的窗口，
临走前对我低语：
好生等着我！

在黄昏，
光集合了它的舟楫，
正等待后半夜的清风，
然后扬帆远航。

夜乃诗歌之光。
诗歌，这条道路，
你将把我引向何方？

遗忘，是记忆唯一的朋友，

也是它唯一的敌人。

从墨水之光和你沉默之火中
获得温暖吧。

忧伤阅读它朋友的信件，
却把我的肺腑作为枕头。

今天，太阳出家了，
我见它身披雾的袈裟。

这棵树长得真快：
仿佛树枝长了腿脚，
朝向天空猛跑。

徒劳地，火焰在寻找
迷失于水的丛林的道路。

我将继续迈开希望的脚步，
同时把绝望作为枕头。

过去是一条河流，
历史的头颅，
在河面孤独地漂浮。

我经常做梦，
但我的梦不属于我。

无论你爱得多深，
你的爱依然达不到应有的深度。

在忧伤的太阳之下，
仿佛雪都是红色的。

当他受伤，
他的伤口在哭，
他的身体却在笑。

他凭着往昔岁月的启示生活，
他借着未来岁月的启示思考。

欢乐是一位背叛者，
忧伤忠贞不渝。

我们的日子是鳞次栉比的房间，
有些房间落满了树叶，
另外一些蓄满了风。

爱情最为绚丽的时候，
是我们在夜晚看到它的时候。

他的疲倦，
是他靠着的另一只枕头。

创造者如同一棵树，
不知如何去谈论果实。

如同一枚邮票，
死亡粘贴在
叫作生命的那个信封上。

许多事情，我已经并正在遗忘，
我将在记忆里
为另外的遗忘打开门窗。

太阳耸了耸肩，
当我对它讲述夜的传记的时候。

感谢太阳，给了我
行于夜之路的拄杖。

我听天际在计数我的脚步，
当我登临忧伤的山峰。

别忘了，在每个清晨醒来的时候，
握一下向你伸出的光明之手。

我的思绪，颤抖地，
坐在时间的阳台上。

森林把风琴

放到风的手上，
然后在声音的阶梯，
翩翩起舞。

我创造了一片天空，
可它已盛不下我。

我哭泣，
直令忧伤的玫瑰，
用树叶把我遮起。

森林砸碎自己的门扇，
一劳永逸地，
把事务托付给风。

是风，
在代行树的祈祷。

大地只用天空的泪水洗濯，
但这并非出于爱情。

自童年起，

我便在追赶前方的云彩。

树只有当着雨的面，

才会哭泣。

身体总是梦想着

用精神之水洗濯，

但找不到足够的水。

《狼影》[1]

① 这一部分内容（大约创作于20世纪90年代末）此前也未单独结集出版，后收入2014年出版的《阿多尼斯诗歌全集·第五卷》（贝鲁特萨基出版社）。

狼影

他的日子是一堆堆褴褛,
那么,他凭什么坚信:
自己能把生命
织成华冠锦衣?

他怀着确信生活,甚至确信自己能抓住云彩;
他怀着确信行事,甚至确信自己能捕捉时光。

他来自眼睛尚不熟悉的色彩;
然而他出生的祖国,却是一个古老的乡村。

发号施令的政治真是神奇——
它为作家们装上黄金的手指,令他们唯命是从。

天空是自由的——
如果大地依然是一片丛林,
那是因为人依然把天空视为律令。

一位朋友来信,以仿佛告别世界的语气写道:
“我已无能为力,甚至无法把脚步交给乌龟。
我要让玫瑰,在一片枯叶上书写我的遗言。”

是的,我将一直成为无边的森林,
让逃脱猎手的飞鸟栖身。

真理总是与启程者同在。

这个时代精于杀戮,
其中的死者如野草一般生长。

无论你在内心的汪洋中航行多远,
你总是离不开岸陆。

虚无并非无,
确切而言,它是另一种存在。

写作,也是一座沙漏。

我发现只有“漠然”这朵玫瑰，
能让大地为之折腰。
然而这是一个迟到的发现。

祖国——
其中的所有都化为乌有。

不，月亮不再是我的居室，
我已变更了双脚和梦想之间的道路。

疯狂来临他的被衾，
当他正在理智的床榻入睡。

不要习以为常！
永远做一个陌生人，哪怕是面对自己。
每天早晨，对你的面孔说：我仿佛第一次见你！

他想摧毁我。
他怎么能得逞呢？
我披戴的，只是光明。

好好地背上你的枷锁，

如果你想知道如何按照教谕行走。

历史，带着它所有的屠宰场、牛棚和疯人院，

再一次叩响时代的大门。

对于你倚靠着石墙发出的乞求话语

——那石墙是由念叨着亚当的黏土砌成——

你能指望什么？

对那些俯瞰尸体和墓穴的窗户，

你能指望什么？

对那条泪流成河的街道，

你能指望什么？

给那只野鸽子递一块手绢吧，

让它擦拭自己的泪水！

他在睡梦中见到：

历史拽起他，带他夜行，

来到耶路撒冷附近的亚当湖——

一片血流而成之湖。

他不愿把双手浸泡其中，
这时，他听见世界叫喊：
“砍掉他的双手！”

风在此刻刮起，
让天际的面孔布满皱纹。

快走下这辆战争机器牵引的列车，
你会看到树梢戴着头盔，
每一枚果实的肚子里都有一颗子弹；
快下来，橄榄树下藏着两朵云，
快下来，去打听：爱的列车何时抵达？

昨天，当太阳点亮天空的灯盏，
他们却在遮蔽一切光线。

癌症侵蚀着语言的喉咙，
城市在孵育荒芜之卵。

他的体内携带着祖先的坟茔，

浑身上下罩着裹尸布生活。

用心灵去思想,用头脑去爱恋——
生活啊,这是你对我的期望吗?

我的大脑安分守己,
但我的步伐桀骜不驯。

是的,正如你所言,此人长着翅膀,
但不是用来向高处飞翔,
而是用来向深渊坠落。

如果不是我们心中存有未知,
我们怎能认识宇宙中的未知?

无视并且遗忘,
如果你想持续不断地更新。

我不会害怕,我不觉意外,
因为我什么都不期待。

一个难题：
他应该摆脱自己和他人相会呢，
还是摆脱他人和自己相会？

时代：
机械之手摆弄的摇床。

人不是通过思考，
而是通过工作认识自己。
——歌德如是说。
仿佛他在对我们阿拉伯人说：
——你们最好不要认识自己！

我经常谈论迷宫。
不要以为它位于外部世界，
它位于我的肺腑之间。

血也能创造——有人说；
但它创造的只是另一滴血——历史说。

你不可能同时从政而又拥有自由——
这是政治的悖论,还是自由的悖论?

连星辰也打起哈欠,厌倦了
一成不变的天空。

他把自己变成大厅,并召集观众入内;
如他所言,这是他的首要爱国任务。

孩子们在沙砾中诞生,在废墟中死亡;
妇女们倚靠着忧伤,用泪水洗脸;
男人们——脑袋在一个大陆,双脚在另一个大陆
——这若干片段,选自每天都在书写的历史。

苦难铺就了街巷的道路,
忧伤在天空的身体凿下窟窿。

事物及其称谓在我们的当代文化中,
犹如共赴一场化装舞会:
称谓不认识自己所指的事物,

事物也不认识自己的称谓。

什么？我仿佛在天空看到：
一些星星变更了自己的居所，
另一些星星迁往另外的天空，一去不返。

我没有童年，
诗歌就是我的童年
——诗人以此写下自己传记的篇首语。

这样的人何其多也——
他们哭泣，只为一个目的：
让今生流淌的泪水
成为来世的乳汁。

阿拉伯的时光：
一堵名叫永恒的墙上生长的苔藓。

如果你想成为主流文化的一分子，
你就应该接受信仰的法则，首先需要承认——

是的,我会对沙漠说:你是太阳;

是的,我会对光明说:你去变成公牛;

是的,我会对树木说:你是一条变色龙。

“人”?

可是,为什么我在他身上找不到

任何可称为“个人”的特征?

昨天,白昼

是一具泪的身躯。

阿拉伯的天际,

如同一根弦,

系在一张几乎断裂的弓上。

一对恋人:

他,毕其一生把自己的记忆变为镜子;

她,毕其一生把自己的镜子变为记忆。

阿拉伯穷人的喘息,

日渐粗重而凝滞,几乎变成
天空之窗的玻璃。

哀哉,这样的现时——
它是往昔借未来之名,
将我们团团围困。

此时,我的困惑,握在我称为历史的
那个手掌的指尖。

他想抵达话语的终极,
可他尚未了解话语的起点。

自然是盲目的。
可是,谁能确定明眼的人类真能够看见自然?

教法学家说:
连接生命和死亡的线缕,像蜘蛛网一样既短又细。
诗人说:
啊,连接生命和死亡的线缕,长而坚实!

哲学家问道：

生命，难道只是对死亡的朝觐？

每一个早晨，

在我醒来时，身边是一位永久的伴侣：不可能。

为什么，雪松在自己的祖国黎巴嫩，

有时看起来像是一头史前的母驼？

我的故乡，遥远的土地！

为什么，此刻我觉得你那么近，

甚至比我与我自己的距离更近？

他不愿驱赶他的魔鬼，

否则，他如何能看见天使？

诗篇中的风不会哼唱小曲，

它席卷，欢舞，高歌。

收获，只具有镰刀所说的道德，

麦穗对此无能为力。

探寻远方的人,
完全拥有迷失的权利。

从大自然的口中诞生了事物,
从人的口中诞生了词语:
这些事物和词语是如何相识的?
这其中奥秘何在?
有人想象这种相识,并在笔下记述;
有人忽视自然,而栖身于语言;
有人一直在寻找这种他明知不会发生的相识,
寻找不会实现的合一,
他宁愿去体验、思考、书写
这个永远横亘于
词语和事物之间的深渊。

我还没有本领,
把时间引入我的床榻,
让它的身体成为我身体的被衾。

成千上万个热烈而高昂的颈项，

每一个早晨，

都被时间手持的冰冷刀剑割断。

自从我出生的那个瞬间，

我就开始认识死亡。

谁知道呢？或许我家花园的这些蓓蕾里，

藏有一个祈祷的场所。

我只能听到风的低语，

我只能看到树叶飘来，树叶飘去。

是的，

你的声音是个陶罐；

可你的词语，是一滴滴水珠吗？

一个儿童，

正在摆弄手里的石块，

试图为它装上两只翅膀。

太阳啊，
我将守在你留在夜晚面前的阴影里，
把你等候。

首先让我们成为两个人，
如果我们真想合二为一。
将我们连接的，恰是那将我们分开的。
我还要说：
我无法与你分开，
除了凭借连接我们的纽带。

我应该将黑夜的躯体一一分解，
只为书写白昼的一个脚步。
为了让白昼袒露一切，
我穿上黑夜的衣裳。

你前往这个地方，或那个地方，
你会以为自己有了方向，
这其实是肤浅的想法。
往纵深看，你会发现自己无论去往哪里，

你去的都并非“地方”。

他井井有条地
书写自己的思想和情感，
仿佛要把衣柜里的衬衫
摆放得井井有条。

那个隐藏在我找到的事物背后的事物，
才是我正在寻觅却不得的事物。

他们之间的区别：
一位用天际定义自己的脸庞，
另一位用自己的脸庞定义天际。

我的坚强的岁月啊，
请以我的软弱提醒我！

用被切断的手指，
我们书写历史的肢体。

在一个成为封闭圆环的社会里，
你如何成为环之一端？

艺术品犹如一眼源泉：
其外表取决于深度，
其深度呈现于外表。

形式，为死亡的材料赋予生命。
作为形式的艺术，是不会死去的生命。

“西方人”是客观的，以至于他自己看起来也不过是“事物”。
“阿拉伯人”是主观的，以至于他自己看起来也不过是“称谓”。

他说出可能被播种的事物，却很少关注收获。

不要忠实于某种思想，应该忠实于产生思想。

他们如同死人：
他们饮食的，只是生者的泪水。

好吧，先生，你有权有势——
你能让一条狗歌唱，
你也能让一个人吠叫。

阅读穆太奈比[1]常常给我带来慰藉：
他懂得仇恨和敌视有多么可怕，
他懂得对诗歌的无知有多么可怕，
他也懂得如何超越、如何升华。

每一次听他讲自己的梦想，
我都觉得梦想散发着面包的气味。

多数人都会赞赏新鲜的事物，
但他们同时会嘲讽新鲜的思想。

你说：因为自己与众不同而遭到遗弃。
但为什么要诉苦呢？

---

① 穆太奈比（915—965）：阿拉伯古代最杰出的诗人之一，以哲理诗、矜夸诗、颂诗著称于后世。他为阿拉伯诗歌开创了宏大磅礴的新境界，其诗句被后人广为传诵。

相反,你应该高兴,因为你与众不同。

有些民族,其中最美的,就是其名称。
在我看来,这其中就有阿拉伯民族。

每次,当我凝视一棵树,我都觉得有一个人藏身其后;
但是,我从不会想象一朵玫瑰后面藏着一个男人。

栖身于我的许多人在我体内较量,
而我无法成为裁判。

如果世界没有丑,它会变得更美吗?

我毕生致力于让起伏于我心中的那片大海变得更加深邃。
我希望,死亡能在日后继续帮助我。

有一物,据说来自天空;
但是,怪哉,它依附着子弹的肝脏降临。

对于那个对自由没有任何兴趣的人,我们能为他做什么?

他说话、写作，仿佛他的思想不是装在头脑里，而是装在口袋里。

你不感到疲惫吗，道路？
我看你扶摇而上，欲成为天空的姐妹！

云彩啊，你挺立着诞生，飘动着死去，
你愿意和我结为朋友吗？

夜晚在旅行中骑行的骏马，
只认准一条
通往清晨的道路。

人永远没有风的口才，
所以永远无法表达自我。

雨的话语无论多么朦胧，
禾苗都有能力领悟。

1990年4月25日早晨，在柏林，
我第一次读到歌德的谈话："东方的诗人是先驱。"

在这个东方,此刻有一个孩子诞生。
他穿着死亡的衣衫来到人间。

抱歉,哈姆雷特,
我不愿穿上你的衣服。

或许,我取名阿多尼斯,是为了说出:
我的身体是一棵树,它如同一棵树,朝向四面八方,向着纵深和高处生长。
或许,是为了说出:它如同一棵树,是一朵风中的玫瑰。
或许,是为了说出:我只是汁液,只是这个无形森林——奥秘森林——的一隅。
或许,是为了响应我肺腑内一个愿望:变成一朵罂粟花,永远留在田野的怀抱。
或许,是为了能够做一个梦:梦见我和风共枕一席。
或许,是为了能效仿滋养树干的根茎,以及枝叶葳蕤的树干。
或许,是让我知道如何像水一样,向我爱人的身体投诚。
或许,是为了让我的"自我"向存在于我体内的另一个"自我"开放。
或许,是为了让我抹去自我,让栖息于我体内的另一个自我取而代之。

或许，是为了让我发现：坠入快感和欲望的深渊，能带来登临巅峰同样的欢欣。
或许，是让我将爱情和生命、诗歌和生命、美和生命合为一体。

他蹒跚于深渊之上，
这是他能够活下去的唯一空间。

自从他把手搭在阿拉伯时代的肩头，
阿拉伯所有的手都试图砍断他的手。

从正面，他看到时代；
从侧面，他看到历史。

最不幸的梦，
是为自己建造了一座安身之宅的梦。

他和大自然手牵着手，
尽管如此，两者各有各的路。

我们怎么生活，如果没有这样的幻想：

在我们面前,总有我们无法知晓和预料的?
幻想啊,请对我们慷慨以待!

他深知,连可能之事,通常也无法实现;
尽管如此,他坚持追求不可能。

一些城市在你心中居住,
当你已不能在那里居住的时候。

谁想掌握意义的工程学,就应该精通词语的代数。

现实,通常是可见的幻想。

麦子和玫瑰,位于大地书写的最美的事物之列。
以此为始,
你们可以把大地的书写和天空的书写,
作一番比较。

是的,他经常回到过去,
不过,他旨在获得启示,

而非寻求正道。

知识的白昼是另一个夜晚。

如果你只能在镜子里看见自己的脸,
你不会看见自己的脸。

不带疑问的知识,
是一种幻术。

遗忘,通常意味着新锐和青春,
回忆,通常意味着暮年。
我们应该怎样
为遗忘而非回忆
编写一本字典?

不要对地平线有所期待,
当你走近它,它便远去。

只是哭泣还不够,

他要在哭泣的内部哭泣。

如果你向往星辰的裸露，
你应该披戴黑夜。

他的思想中没有田野，
那么，这些思想怎么能生长？

是我的肺，而不是风，
张开了我的帆幔。

这个民族无与伦比，
它只用喉咙工作。

你真爱你的祖国吗？
那么，为什么不去消除
祖国和他者之间的界限？

富裕的、高级的城市，
但是，其中只有机械和锁链。

芝麻,你这神奇的咒语,
不要开门,不要开门,
我不想进去。

那些吃自己兄弟肉的人取得了重大进步:
以前,他们在自然的盘子里食肉,
今天,他们在文化的盘子里食肉。

恰是那些亘古不变的绝对真理,
将语言转变成呓语。

他的无知是多么博大:
竟然将天地容纳其中。

不,并非所有结果实的树木,
都值得祝福。

有个孩子问我:
天使也会剃胡须吗?
我猛然一惊,不知如何作答。

任何领域的天才，
或多或少，在某种程度上，
都像“罪人”一般生活。

每当我想走进光明，
我便在我的影子里行走。

我梦见一些船只，
在拖曳着岸陆。

云彩只有在流动中
才获得意义。

在我肺腑中沉睡的森林啊，
为什么，为什么，
我现在难以将你唤醒？

梦想总是邀请我前去它的宅邸，
而我总是婉拒道：
不，让我们去另一个所在。

云彩,是道出生活之朦胧的
最清晰的话语。

孤独一人,
然而我并不比夜晚
更加孤独。

每当我向空间询问它向往的所在,
它答道:
“迄今,我还没有找到
比语言的丛林
更美丽、亲切、辽阔的所在。”
因此,我们有时可以用词语的队伍,
去阻遏时光的队伍。

1999年2月17日早晨,柏林下了大雪。
从房间窗口望去,我不记得曾经见过这么美丽的早晨,不记得曾经见过这么妩媚、动人的树木。
我独自一人走上街头,产生了一种从未有过的活着的感觉。
雪怎么会是死亡的象征?这是谁说的?

如果确实如此，那么，死亡自有其美；它的美丽和绚烂，毫不逊
色于生命之美。

天空，诞生于树木的怀抱。

今天，我在循环的季节中，
赋予冬天一个秘密的特权。

在今天之前，我并不知道
我在雪的记忆里，
拥有一个独特的位置。

今天，我感到，
我的童年有一所建在雪中的房子，
但已坍塌，不知在何时，不知缘何故。

就连天空，
也从雪的窗口探头眺望。

能与雪的洁白媲美的，

唯有语言的黑夜。

雪是来自他乡的移民，
却让足不出户的人们，
在记忆里
信马由缰地旅行。

我常常想象我看到和读到的世界，
迷失于灰烬的汪洋里。
今天，雪的灰烬
再一次触发了这样的想象。

早晨，
门槛不厌其烦，
招待迷途的脚步；
树木用鸟喙挠头，
其中少不了乌鸦；
乌云慢慢地，
一步步走下雪的阶梯。

早晨，

记忆向我发起美丽的袭击：

从我这里劫掠墨水，

却把遗忘留下。

早晨，

伴随着雪的先锋队，

太阳现身了。

早晨，

时光之鸟远走他乡。

黄昏——

夜的大腿间长出的毫毛。

《渴的答案，不仅仅是水》（选译）

（2008）

一朵云，在死海上空

比蜘蛛网更细的丝缕
编就了现实头颅的摇床。

你在后退，
但你却觉得正在前行。

过去啊，你那里逝去的是什么？
在你两岸高耸的厅堂是什么？
那滴淌着鲜血的台阶是什么？

活人，
在揉搓死者，把他们烤成面包。

时光——
造访灰尘的宾客。

连空气，也成了一堵
没有窗洞的墙。

时间在大笑，

树木和植物却在哭泣。

在这里，不是生命的沉默

在言说真理，

是死亡的沉默在言说。

在不可理喻的一切中，

我往往能找到

有助我理解的一切。

我们的祖先及其传人，

将我们置于

无法言说真理的境地，

借真理之名言说一切的境地！

我归属的那个国度啊！

有一回我如此形容你：

你是我不曾了解的唯一国度！

我并没有说错。

这里没有文化，
除了遗址的文化。

这里的天空，
有许多谈论神灵的词语；
然而，这些词语
仿佛生活在永久的恐惧中。

在去死海的路上，
我和我的影子达成一致，
而之前，我们从未达成这样的一致。

我携带着问题，
走进死海的学校，
走出时我遍体鳞伤。

意义，如同大蒜一样被剥皮，
可是，如何剥去词语的皮？

在这里，废墟无所事事，

除了寻找一位绿色的读者。

一些纸制的鸟，
另一些塑料制的鸟，
在灰尘的照看下飞翔。

水，
穿着火的衣裳。
月亮啊，你何时会跪下，
敬拜这消泯了意义的太空？

每一朵玫瑰前面，
都设下一个埋伏。

一口永恒的棺材
在天空面前摆动。
海达尔、伊曼和我，
在先知的遗址间行走。
我壮着胆，在去死海的路上
向头顶的天空悄悄发问：

为什么你正值少年,却把门户紧闭?
难道你没有属于另一种语言的另一扇门?
我还壮着胆,向尼博山上一座老教堂发问
——它兴建在一座更古老的神殿废墟之上:
为什么你依然无视,
有些话语本身也会死去?
而道出这些话语的大脑,
也许会变成烤炉和刀剑?
有一种特殊的墨汁掺入泥土,
用于书写风和它的错误?
我在教堂的耳畔低语:
火焰正在向你逼近,
你将看到时代在碎裂,
日子被黑色的绳索拖拽。
那些都是什么人,
用棍杖击水,指望它变成
他们通往真主路上的地毯?
那些都是什么人,
死去,只为颂扬死亡?

我听到两位朋友在对话：

——大脑是奴隶，手成了公主。

——是灵魂，而非物质，在背叛自己的居所。

——无疑，连天空，也开始蜕变为一张纸。

山峦的石子中间，有的只是天使；

天使的脸上，有的只是火焰。

苔藓：

坠落低处的碎片把它覆盖，

升向高空的血液把它浇灌。

这里的葡萄园是聆听者，葡萄酒在阅读。

这是自然对超自然的阅读，

唯有阅读，能了解尚未形成的

事物之名称构成的字母数目。

在这里，面包只有两个问题：

那位干渴者该怎么办，

如果他的渴求是真主？

玫瑰的价值何在，

如果它不是一位恋爱女子的肚脐？

红色的距离向死海的头颅袒露腰肢,
它的颜色是被屠宰的羊的颜色:
犄角是两位天使,
身体是锁链的森林。

这里,人是关于“唯一”的一门语言,
仿佛人来自语言,
在语言的床榻上,
用语言创造。
每一个词语里有一具躯体在跛行。

有时,愿望比面包更能充饥。
可是,泡沫啊,我到底是谁?
为何由我照看海的面孔?

艳阳里的黑暗:
你感到,在你看见的时候,
其实一无所见。

自废墟升起的音乐

"自由,在此长眠。"
我寻找,打量,我询问:
相信复活的阿拉伯人何在?

他不相信鬼神,
那么,他为什么害怕鬼神?

"他被钉在一根木头上",
但是,他把世界扛在肩头。

"舌尖上长出青草"——
一句农村谚语,
道出了城市文化的许多特征。

在阿拉伯主流意识中,真理,
应该永远是"有用的"。
于是,更重要的真理被屠杀了——
那些"有害的"

以及“无用的”真理。

“这些云彩将我遮蔽，
那么浓密、沉重地挡住我身体；
谁，能让我摆脱这云彩？”
天空对着大地如是诉说。

我们依然建筑桥梁，
在干涸的河流之上。

我说：海鸥是一颗飞翔的星星；
于是，海浪向我提出抗议。

我阅读现实，疑惑地发问：
是树，
还是风，将它抚弄？
现实？
——穿着工作服的梦想。

芬芳，从它母亲——玫瑰的子宫逸出，

开始了不归之旅:
是否,这就是意义的迁徙?

这个夜晚,我要把双耳
交给自废墟升起的音乐。

我砸碎窗户,只有一个目的:
让它更加宽敞,
让它和天际,更紧密地合为一体。

真理在大自然中醒来,赤身裸体;
而在书中,它穿着衣裳。

大自然不停地说话,
但它只是低语,
当它放开嗓门,
它唇间迸出了一个字眼——
自由。

昏睡,主宰人们的大脑和身躯,

统治他们的暴君有多么幸福!

时间的身躯在哭泣,
时间的身躯在床头辗转,
在阿拉伯城市也在其间辗转的床头。

现实,词语从中逃逸,
仿佛是被恐惧惊动的群鸟。

在岩石的阴影下,
他荫蔽,思考:
“没有关系,”他自语,
“我在四个方向都有一扇门。”
西西弗,最终,
为了和岩石一起旅行,
也谱写了一曲音乐。

暴君的王座,
其初始是火焰,
其终结是草秸。

不要把流亡地当作祖国，
流亡地只是流亡地，
其独特之美正在于此。

梦想和旅行，
是不同父亲生下的两兄弟，
但拥有同一个母亲。

地狱，
如同一棵树，树皮是天堂。

政治的语言，
就连空气，也无法用它造就出什么
——除了灰尘。

生来是一扇窗户的人，
怎么能窒息地活着并死去？

踏着苦难的阶梯，
历史的芳香升临他的爱情。

街道:
时间颈项上的伤口。

他如何成为智者——
这个不曾沾过疯狂之床的人?

春天向它父亲——时光——送去一朵花,
后来,花穿着秋的衣袍回来。

生活赐予他的,多于他所求,
是否因此,他应该接受批评,
并和嫉妒者拥抱?

这个时代的气息,
不过是他内心燃烧的野火
升起的烟雾。

古希腊的诸神,
还有之前和同时的众神,
都从天空下凡大地,

为了窥视一位洗浴的女子，
或是为了亲吻她的玉手。
那么，为什么，有人坚称：
神灵永不停歇地升华？
下凡，是神灵手拈的最美的花朵。

生活是一本书，
在欢乐时，它从末尾读到开端；
在忧伤时，它从开端读到末尾。

“确信”结了婚，
但它依然爱恋着“疑惑”。

他渴望，以便不犯错误；
他犯错，以便有更多的渴望。

如果他在黑暗的居室成了盲人，
他如何在光明的殿堂成为洞察者？

有些作家把词语拖拽到纸上，

仿佛他们在拖拽牲口一样。

有时候,
为了更好地进入意义的丛林,
他踏上风开辟的道路。

不,死亡没有意义,除非它是一位雌性;
抱歉,阿拉伯语的雄性!

远远地，尚未看到她的时候

身体，只有通过身体，
才被认识。

爱情，你是否想知道，
她离你有多么近？
那么，在还没看到她的时候，
请远远地将她呼唤。

时光，在那个地方，是你和她的合一，
在同一床被衾之下。
那么，让你的身体继续做个儿童：
老年，只存在于大脑。

这位恋人岂不奇怪：
他只愿在树荫下的凳子就座，
梦想着一位
只愿在阳光下就座的女子。

当她哭泣的时候，
她的泪水最好用来浇灌玫瑰。

即便当爱情窒息的时候，
它的喉咙吐出的，
也是高贵的气息。

当夜晚装饰她的床榻，
床不停地询问枕头：
为什么，白天仿佛是只笼子？

爱情的坟墓，
是死亡扣眼里的一朵玫瑰。

“如果灵魂厌恶身体，
那么，它为什么栖居于身体？”
恋爱的女子发问，却并不等待答案。

女人的体内有一曲大地之歌，
天空，在一刻不停地吟唱。

一位热恋的女子?
那么,
一切,就连黑暗,
对于她都是光明的语言。

美和爱散发一道亮光,
只有这道光,
能够抹去话语之光。

他的双唇,
不知道如何属于他——
除了当这双唇覆盖了她的双唇。

姑娘,请问:
他如何能够分辨
你身体的岸陆和深渊?

月亮,把头搭在夜晚的肩上,
那是月亮的枕头。

姑娘,请你问一下夜晚:
为什么它阴沉了脸色,
当它昨天撞见你
在和黎明交谈?

是的,我看见她床头的夜晚,
在她的双肩和胸口披头散发,
仿佛那是爱情之手
编起的发辫。
是的,我见到黎明
在她怀里醒来。

在性爱的酣醉时,
身体道出了一切。
就连灵魂也在说:
时光,不过是一团烟雾,
从爱情的火焰升腾。

爱之云绾结的一切,
都被愿望之雨解开。

他

他批评周遭,批评世界,
那么,他首先应该批评自己,
并永不放弃这样的批评。

有时,他呐喊,只为一个目的:
慰藉自己的孤独。

他占据着人们的思想,仿佛
他是另一个魔鬼。
人们拒绝他,
可他栖身于他们内心深处。

他的幸福,来自工作,
而非运气。

他喜欢居住在遥远的他乡,
是否因为在他乡,
他能更好地发现自我,认识自我?

他接受了自认为能更深刻地认识世界、
让他生活得更好、更美的思想,
但不久,这些思想变成了
阻隔天际的隧洞。

如果他有一间居所,那便是爱;
如果他有一个祖国,那便是诗。

他喜爱字典,只出于一个目的:
让他想起已经遗忘的词语。

他头脑里的一片田野,用于捕猎;
他身体里的一片田野,献给远去的思想之鸟。

天空的愤怒降临他的土地,
于是,田野变绿了。

云彩赋有真知,
所以,云彩总是心怀焦虑。

词语

去往词语那里，谦卑地问它：
“我还缺少什么？”
伙计，我在跟你说呢，我听你在嘀咕：
“我的一切，全凭宗教。”

只有诗歌，
在出其不意的地方降生。

里尔克说得好：
“我们越是靠近现实，
就越是远离语言。”

几滴雨水，洒落在
我家窗玻璃上。
水滴仿佛圆形的小船，
船儿驶向窗户的岸陆，
只为在岸上撞个粉碎。
每一艘船上，

都有一位泪珠似的水手!

成功,往往是一种遮蔽。

他只喜欢自己能够拥有的事物,
他只喜欢与自己类似的人们。
这是另一种神经官能症:
赞扬自我,攻讦他者。
这,可以是诗人的形象吗?

铃声来自器械,
它的回声来自自然:
你说:哪一个声音更为动听?

与世界媾和的诗歌,
真的能够看清世界?

美丽的词语,
它本身就是美丽的真理。

有一次,诗人试图理解风,
但他几乎被风暴席卷。

他只惧怕走在他身后的人。
那么,为什么,
他非要走在他惧怕者的身后?

还有什么所在,能容纳所有的愿望,
除了语言?

天空玩着骰子,
输者总是大地——
阿拉伯诗人,你还不醒来?

在光明中攀升,以便阅读他人;
在光明中下沉,以便阅读你自己。

他不会破碎,
除非当他身处能够打碎他的事物面前。

在我家花园里，
我见到一朵玫瑰，
它对着风张开双手，
为了抓住风中的落叶。

每一天，诗人都要把太阳之书
翻读好几页，
尽管如此，诗人的生活仍然昏暗。

大地迎娶了云彩，
于是，水谦卑地跪拜。

猜一猜：夏娃为亚当
准备的第一顿晚餐，
都有什么食物？

闪耀的光环，
是怎样脱胎于黑暗的密室？
这是否就是写作？

就连天空，

也不知也不会

把飞鸟

关进风的牢笼。

玫瑰写下它的遗嘱：

读者啊，你懂得如何解读吗？

眼睛

那个白昼,曾是一只笼子。
光,曾经在叹息。
我曾在学习:哭泣,有时怎么会
变成思想的墨汁
或是劳动的器具?
我曾观察:人类如何将笔
蘸入死亡的墨水瓶,
来为时代书写传记。
我曾体验:黎明的眼睛
如何被泪的剑刃刺伤。

过去,
我们曾想象、曾阅读星辰,
用自然之眼和天性之眼,
以便我们能够登临星星的床榻,
或者让星星下凡,来到我们尊贵的泥土之床。

我所有的梦想都是有形的,

除了那些我寄托在眼睛之夜的梦想。

那么，眼睛啊，梦将去往何处？
它为那些乞求太阳，
将灰尘和光明等而视之的驼队
开辟的道路又是什么？

我们村庄的那股源泉，
快要关闭最后一扇窗户，
它在准备着——化身为一个盲乞丐。

昨天，
当我遇见她，当我为她的身体洒泪，
我已搜集了日光所有的剪子，
将它们藏匿，远离黑夜的发辫。

我时常想象：我在那些爱恋的湖泊中浮游，
那些湖泊，在家乡妇女的眼睫下流动，
那些湖泊——那些眼睛，多么艳丽！
那些女人，多么美丽！

她们让日子如同披巾，
在肩头垂下。
真的，诗歌，这高贵的眼睛啊，
日子，不过是流转于夜晚眼里的云彩！

自童年起，
我便惯于在我认识的一切地方，
打开窗户——眼睛，
让意义的创造物，
在其中进进出出。

时光已没有可以收纳我们的厅堂，
除了它的眼睛。

我爱恋的那个女人
散发的香气，
长着一双在她身旁巡游的眼睛。

梦，长着一只眼睛，
它用另一场梦涂画眼圈。

《花粉的空间》(选译)

(2010)

在俯瞰阿拉伯海的阳台上，乌姆鲁勒·盖斯发问

是谁说:“诗人进不了天堂，
除非伴随着地狱?”
塔尔法·本·阿卜杜[1]的这行诗歌，
依然在向阿拉伯海的字母表发问。

这里的方向是所有的方向。
飞鸟在迁徙，舰船在航行。
怎么了? 为什么? 何时? 何地?
那么，海水啊，你是否在拥抱沙粒?
沙粒啊，你是否在拥抱海水?
是否只有那逝去的才会永存?
是否那永恒的，只不过昙花一现?
在青草的床笫入眠的沙漠，
站立着，欢舞通宵。

---

① 塔尔法·本·阿卜杜(543—569):贾希利叶时期阿拉伯诗人，著名的《悬诗》作者之一。因作诗攻讦当地国王而被杀。

“是否存在一种知识无法推翻的智慧?”
一朵正要拍打岸上太阳的浪花向我发问。

怪哉,这个被称作“人”的高贵的探索者:
迄今为止,他竟然没有发现天空的吝啬!

时间啊!我把你的头颅置于我的头颅里,我思考:
你是根基,但你也是行将坠落的枯叶;
你高高在上,但你也身居最深的低洼;
你是晴日,但你的脚步和眉宇间唯有泥泞。
我把我的头颅置于你的头颅中,并发问:
我们俩,孰你孰我?

在阿拉伯海上方,天空依然年轻。
其实,它根本不会衰老。
不过,这是赞美,还是嘲讽?

昨天,在这里,
阳光在我看来如同嘴唇,
乐意同泡沫作持续的对话。
那么,为什么,

当我试图驯服阳光，
天际就奋起反抗？

身份？
一杯被称作“早晨”的咖啡，
在一个被称作“迁徙”的地方；
那里迎接你的是魔鬼，
但它脸上携带的，往往是吉祥。

技巧：
这个晶莹的坟墓，
我曾频繁出入其中，
环绕我的红玫瑰，
在追踪我日子的气味。

“空间如何能痊愈，
它罹患的恰是时间的病症？”
提出这个问题的人，
发誓能够换一个名称称呼天空。
而我，却宁愿生活在另一个问题的腹内，
仿佛它是一条垂天的鲸鱼。

电子辛巴达

星空下，
在一个几乎脱离天网的角落，
一根电子针在编织风帆，
那帆船并非坐落于水上，
尽管它也来自海的家族。

在他乘船之前，
他把月亮挂在羚羊的犄角，
探望了由星辰滋养的
沙漠的乳房。

旅行为他缝制的第一件衣裳，
他称之为波浪。

他出海——
仿佛他的身体是恋爱中的海豚，
仿佛大海是无边的阴道。

海鸥啊，他早就知道，
有朝一日你会前来，
把他的爱封为君王，
引领你的双翼飞翔。

他最大的爱好，
是每天入睡之前，
端详自己梦幻的皱纹。

“你有翅膀吗？它们是怎么长出的？”
海浪不停地向他发问。

他遇到的水手真是奇怪：
每一个水手都想拥有大海。
因此，他愈发希望成为光——
一无所有。

旅行让他懂得：死亡，
不同于人们的想象，
它清晰无比，

而生命才暧昧朦胧。

他写信告诉朋友：
有一朵浪花栖居于头脑中，
另一朵栖居于脚踝和肚脐间。
我们能否降服浪花？
让它与我们如影随形？

我面对一个至今令我难眠的问题：
如何能够从引领海洋
转变为引领岸陆？

他喜欢自己有时错误道出的“是”，
他从中读出高贵而无声的“否”。

天空啊，正如你所言，
他是“转瞬即逝的过眼烟云”，
可是，为什么，你要在乎他？

在一颗周游于物质花园的粒子的腰间，

他垂下头，

开始阅读一千零一夜。

逝去的瞬间，用永恒之墨描画他的脸庞。

尽管他能预告星辰的轨迹，

他却无法控制舟船的航道及其欲望。

于是，他在日记中写道：

“不，我不会说：骆驼已经无用。

我不会说：世界的双手和双脚已学会天使的爵士舞。

我会说：

海亚姆[①]和努瓦斯斟满的酒罐已经破碎，

光的陶瓷掺入了两人的酒壶。”

① 海亚姆（1048—1122）：古波斯著名诗人欧麦尔·海亚姆（或译作莪默·伽亚谟），著有享誉世界的《四行诗集》（郭沫若音译为《鲁拜集》）。他和阿拉伯诗人艾布·努瓦斯一样，也擅长写咏酒诗。

夜晚和黎明

夜之梦是一座房子，
黎明总是无法把它砌完。

夜的蚂蚁，
在身后拖拽着黎明的饼屑。

有一回，我突然造访黎明，
发现它在清洗夜的锈斑。
清水已经用尽，
但清洗的工作尚未完成。

夜晚内部之夜晚的形象，
装点黎明的簿册；
那是最精彩的读物，
也是最美丽的图案。

当太阳
伴随黎明走出闺房

前去工作的途中，

它喜欢穿上恋爱女子的衣裳。

在夜的脚步下，

黎明的玻璃破碎了。

黎明啊，你无法模仿

我喜欢的那位女子的身体，

你也一样无法模仿，啊，夜晚！

夜晚长出的田地，

犹如女人，在期待黎明的种子。

夜的戒指，

戴在黎明的手指上。

昨天，当我在黎明醒来，

我看到太阳遮起脸庞，

或许它还沉浸于

有关夜的床榻的回忆。

在阿拉伯诗歌的矿山里，
夜晚和黎明端坐不语。
每当它俩开始谈论，
话题总是关于杀戮，
关于背井离乡和阿拉伯人。

夜晚为黎明掀开床罩，
那是它最为艰难的时光；
黎明为夜晚整理床榻，
为良宵挑选被衾和枕头，
那是它最为幸福的时光。

当朝霞从阿拉伯海升起，
太阳携带了两位伴侣：
它的肚脐之下是夜晚，
它的双乳之间是黎明。

沙漠，是另一片海洋：
它用波浪之笔书写夜晚，
用夜的墨汁书写波浪。
黎明，是第一位读者。

关于我,你说什么都行,宙斯!
你愤怒也行,哪怕是前所未有地愤怒,
我不会变更,也不会否认、假装。
是的,那就是维纳斯,是维纳斯本人——
那位我和她一起度过夜晚和黎明的女子,
正在阿拉伯海泅游。

在任何地方,夜晚告别黎明,
只是为了不久后重逢;
只有在阿拉伯海例外:
夜晚和黎明从不分离,
犹如玫瑰和它的芬芳,
犹如一张面孔的两个脸颊。

“在夜晚起床之前,爱情啊,
我要为你铺好被衾!”
每一天,在阿拉伯海上空,
黎明的星星如此咏唱。
唯有爱情,
不知如何倾听。

浪的确信

一排排我并不熟悉的波浪
正在向我袭来。
朋友们,任由这些波浪,
这些欲望的波浪,
翻卷着,将我冲刷、裹挟。

直到今天,诗歌啊,
你还没有为我打开一扇
朝向你对我允诺过的
未知的窗户。

阿拉伯海的黄昏,
被天际飞舞的羽毛织成猩红色,
仿佛天际落脚于天空之城,
和天鹅一般的飞鸟比邻而居。
猩红色,
永远被海鸥的菊花园
拥抱于海岸之上。

我知道，大海，
自从你降生之日，
你就在不停地演奏
你波浪的童年谱写的乐曲。
可是，每次当我聆听，
我都觉得你在第一次演奏。

通常，是水在太阳的面前哭泣，
可是为什么，在阿拉伯海，
在水的面前哭泣的，
恰恰是太阳？

一切根柢只在水中——
这是盐在告别岸陆
和回到岸陆时
所致的演说辞。

阿拉伯海的一位水手，
正在阅读风和天际，
陆地和远方，

历史和它的演变。
他给子孙们写道：
“如果我告诉你们，
宇宙是个三角形，
时间是个圆圈，
你们是否相信？”

“除了愿望我没有愿望。”
潮涨时，波浪对着海岸低语；
潮落时它又说：
“我是内在，
外部只是另一个内在；
因此我是多元的，
而我始终为一体。”

阿拉伯海如是说：
“在我这里，有形者在梦中变为抽象，
无形者在工作中有了形状。
梦和工作，
是这过客一般的鸟儿的两只翅膀，

这鸟儿靠双脚行走，
我们称之为人类。
‘来我这里旅行，’梦说道，
‘你会发现天空比大地更美好！’
‘来我这里旅行，’工作说道，
‘你会发现大地比天空更美好！’
两只爱恋的翅膀，
都发现了自我，栖身于对方。”

“水抚摸，渗入，穿透。”
水如此书写根茎，如此超越根茎。
大自然是水写就的作品。

就连海岸，也不会接受
向它袭来的波浪的失败；
同样，大海也不会接受
波浪离开它的肩头。

祖先啊，
被波浪永久捕获的祖先！

你们可否告诉我：
哪里才是，你们曾经前往的
隐秘的码头？

太阳，热烈而诱人，
依偎在沙子的胸膛，
其中可有一张能容纳依偎的床？

为什么，水的床榻，
你要背叛泡沫的爱情？

每当水手谈论起真理，
泡沫就开始念叨虚幻。

水和沙子关照下的太阳

为什么，在阿拉伯海，最古老的
仿佛就是最新近的？
这是让人难解其奥的现象。

生命，正如死亡所言，
是一个神话；
但生命，正如风帆所强调，
是一排永远拍打的海浪。

这世上没有别的声音，
犹如阿拉伯的声音，
在蔑视生命中咏唱死亡：
这是美德，还是恶习？

在死亡中，
一朵死去的玫瑰和一位死去的女性
有何不同？
为什么我们在生命中想不到这样的问题，

当我们嗅闻一朵玫瑰时?
当我们拥抱一位女性时?

我如何向词语致歉:
我在死亡的颈项
挂上的词语的项链,
都散落一地?

除了在爱情中,没有确信;
即使在爱情中,也没有确信。

一朵浪花把头靠近沙子,
然后哽咽着死去。

“我如何学习
岸陆的智慧——
我刚刚降生就已死亡?”
一朵浪花向它的姐妹发问,
却不去等待它的回答。

就连你,诗人啊,
也在询问:什么是真理?
难道它不是,从沙子的乳房
挤出的奶汁?

每当我试图靠近幽冥,
我的身体就把我拉到身旁:
身体是幽冥的兄弟?朋友?恋者?
或者身体是另一个幽冥?

大海,也在为它的舟船划桨,
不过是划往海的方向。

爱情的汗水是更新生命的甘露,
仇恨的汗水是杀戮生命的毒液。

水,是一个遥远的,甚至最远的奥秘,
但它又温柔而亲近,
以致我们忘却它的存在。
由于它的温柔和亲近,

水就不是有关干渴和灌溉的语言，
而是有关奥秘、
有关探寻奥秘的语言。

“不要去解读我的手掌。”
阿拉伯海对水手们如是说，
“去解读大海！”

水手们工作着,梦想着，
海鸥却在觊觎海浪的宝藏，
海浪却在考验海鸥的耐心。

生命不会有光明的梦想，
除非当它睡在
犹如波浪一般的焦虑的床榻。

一般而言，
波浪的音乐
和岸陆的话语并不合拍；
一般而言，

这并非一桩坏事。

“最陌生的恰恰是最亲近的”，
这是阿拉伯海想起的第一句话，
当太阳在黎明时分，
把脸庞贴近海的脸庞。

创造空间的想象力

据说，乌姆鲁勒·盖斯曾用水和沙补缀鞋子。

据说他曾告诉朋友们：

“活着，就是要把墙壁变为翅膀。”

“是想象力，创造了空间——

由诗歌这头母驼背驮的空间。”

他还诱惑正在醒来的太阳，

让它触摸星辰趁他睡眠时

在他枕头留下的痕迹。

他还说过：我有两处住所，

一处不适合居住，

另一处由我在时间的牙齿间

游历时下榻。

游吟诗人啊，我问你：

你是否见过一首

比法蒂玛[①]的床榻更美丽的诗篇？

---

① 法蒂玛：伊斯兰教先知穆罕默德最宠爱的第四个女儿名法蒂玛。此处或泛指可爱的女性。

诗人,我是你的邻居,
在照亮阿拉伯海的另一个方向。
我感到自己犹如一棵羞怯的树,
甚至羞怯于面对降落的雨水。

用拥抱阿拉伯海的天空之眼去观察,
你会发现存在是睡眠的一种形式;
用披戴天空的大地之眼去观察,
你会发现天空是梦想的一种形式。
在此,以你的名义,盖斯,
我要说:哲学之花
从绽放之日就开始枯萎;
当你在被称为“生命”的这个太阳脚下,
嗅闻疲惫的气息,
芬芳的意义首先在于活着。
我要说:
嘴唇之要义不在于言说,
而在于哺乳其他的嘴唇。
我要说:
大地的时光,

只能用书写大地身体的创伤去阅读。
我要说:
除非是在诗歌中,
黎明不会超越黎明和万象。

如果不曾有多重天空,
那么大地就只有一只脚,
那么头颅就只是一只
盛满腐水的瓦罐。
我知道,盖斯啊,
当你言说天空,
你说的是启程,你说的是变化。

我同意你的说法,盖斯,
我发誓,智慧是一朵凋零的玫瑰,
连芳香也在鼓励我这样发誓。

如果我说:此刻我心脏的跳动,
比缝制了盖斯的步履和衣裳的风
更加强劲,

自然啊,你是否为我感到生气,或者羡慕?

在我的枕头下,
我收藏着盖斯临终前
写给他朋友的一封信:
“你应该和地平线搏斗,
如果你不能在其间
创造属于你自己的天地!”

骰子

有些古老民族的神灵,呈现为动物的形状或面具。
这是为了表达与幽冥合一?
还是与现实合一?
为什么这些民族的艺术家,
要创造恰恰令他们恐惧的作品?

父亲:
这截没有根的根茎。

你身着丧服,
哀悼阿拉伯语?泛阿拉伯主义?还是阿拉伯人?
总之,黑色,是与这个时代相配的颜色。

围困你的,不是你说出的,而是你没有说出的。
不妨把它说出来,看看那是什么。
为什么,你要隐藏明天将会揭示的一切?

何时,你敢于探寻

藏身于爱情挖掘的坟墓里的荒诞?

他致力于解放他人,
只是因为他逃避或畏惧解放自己。

你对生活的知识越是丰富,
你越是觉得生活艰难而暧昧。
到底是什么奥秘,让人觉得——
知识是另一种无知?

在这里,在阿拉伯人生活中,
时间有一种变成空间的强烈愿望。

这个隐秘的骰子,
将运气分配给别人的骰子,
它自己的运气是什么?

他不停地思考死亡,
只是出于一个目的:
更新谈论生命的话语。

应该经常说“不”。
或许“是”这个字眼
只适合那位最后的宾客——
死亡。

“集体”的意义，
只在于作为“个体”的集合体。

自从他远离人群，
他开始感觉离人群更近，
而且更深刻地理解人群。

远行，在他的血液里向他进袭；
归去，在他的脚步里向他进袭。

他的言论总是关于变化，
他的行动总是强调固守。
最起码，他应该忠实于
须臾不离口的那个词语。

通常,误解总能够
加深人们对一切错误的理解。

他自封为领袖,
但他无法行走,
除非是借着臣民的脚步。

一位以仇恨之尘为食的诗人,
人们见他行走时,
总是把舌头夹在双脚间。

每当有一段时间他没有动笔写诗,
他会感觉自己是一位疲惫的旅人,
几乎要干渴而死。

每当他上床睡眠,
他都要自言自语:
爱情是光明的身体,
性爱是夜晚的汗水。

人是一株非同寻常的高级芦苇,
由大地书写。

我身体内的那个儿童,
痴迷于反抗我这个老人;
儿童相信这世界跟他一样,
依然处于童年的最初阶段。

此刻,他眼里的世界,
犹如一辆忧愁的马匹拖拽的辇车,
散发着已故恋人们的芳香。

昨天,他发明了这盏灯;
今天,他嫉妒这灯的光亮。

一排海鸥倚靠在海浪的头上,
它们在写致陆地的信吗?

幻影

有时,我想起来和幻影交往,
(不是在梦中,而是在醒时;
不是为了逃避现实,
而是为了更好地揭示现实:
那个与它须臾不离的
被称为“人”的生物,
到底是什么?)
幻影来自哪个空间或去往哪个时间?
我不想确切知道。
幻影喜欢,在周边一切都奔跑时,
坐在一扇窗前,听着音乐,
翻开一本它没有读过或早前读过的书。
昨天,有个幻影急匆匆地光临我,
身穿一件混合了海水和玫瑰颜色的长衫;
它刚从旅行归来,眼睫后面
携带着它所见的形象的群山;
它筋疲力尽,仿佛连光明都会把它绊倒。
突然,它走向我,靠近我肩头,

用几乎听不见的声音低语:
“伸出手,敞开你的胸膛,
你,幻影,我的朋友!”

有一回,我用了一个有趣的名字,思索以下问题:
思想,是否只有借着词语才会存在?是否只存在于词语中?
词语,是否只有借着事物才会存在?是否只存在于事物中?
人的意义,是否只有借助语言才能体现?是否只体现于语言中?
那么,我能否说:“人啊,你就是你的语言?”
有一回,我用了一个有趣的名字,我想发问:
没有了爱情、友谊和创作,是否只剩空虚?
那么,我能否说:“空虚,只存在于语言的边缘,在话语之外?”
有一回,我用了一个有趣的名字,提出以下问题:
为什么,看起来如同幻觉的恰恰是真相?
看起来仿佛不存在的恰恰是存在?
看起来犹如缺席者的恰恰是在场者?
我们该用怎样的火焰对着语言低语,
让它在这令人窒息的永恒之墙上打开新的窗户?
为什么,有时候,爱情的不眠是最美的眼睛?
为什么,通常而言,

恋爱中女子的身体,比天际更为广阔,
而她的爱情,犹如太空喘息的喉咙?

幻影?
只有高贵的眼睛才能看到;
它的话语,
只有了解静默之奥秘的耳朵
才能听见。

幻影?
高悬于想象和物质之间的云雾,
以事物形式呈现的非事物。

幻影?
另一种诗歌,眼力借此变为洞察力;
另一片水域,幻觉的身体和真相的床榻
借着同一叶风帆,
在其中航行。

空间、事物和迷惑

我经常旅行。旅行让我得以了解许多事情、许多地方。

地方,跟事物一样,意味着空间、气象和光。

离开那些地方后,我意识到,我看到的只是其“意义”,

其精神印刻在我的感觉中,而躯体,却已成过眼云烟。

以前,我乘坐火车或飞机旅行时,喜欢靠近窗口,目不转睛地看着窗外,尤其喜欢看空中千姿百态的云彩,看树木笔直地挺立于大地。

现在却相反,我喜欢远离窗口。

这是否由于人近暮年而开始沉入“内部”——坟墓?

似乎于我这个年龄,“表面”已不再具有诱惑力,而“内在”及其代表的一切,才意味着诱惑和吸引力?

最近,我又一次回到童年的村庄。

我在家乡看到的儿童,嘴唇间似乎站立着犹如干瘪发皱的乳房的时光。

和我交谈的家乡的人们,仿佛准备啜饮泪水。

他们向上天张开的双手,他们随时在祈祷的嘴唇,至今都未能让幸福垂顾。

尽管如此,他们依然执拗地继续凝视星辰的方向。
时光——一根拄杖,
上面几乎要长出苔藓。

音乐、光和我,
此刻是云彩的盟友。

如果森林为纸张做出判决,
它会不会把我钉在木头上?

不,我不会停止窥伺时光,
以便雕琢它的肢体。

大地亲吻了海洋的眉间,
于是海洋永久地张开了双唇。
你呢,请告诉我:
你是大地还是海洋?

当我注视你,长久地注视,
我没有看到你,

我在注视一面镜子。

纽约,2004年5月8日。

我的脚步落在此地,思绪却在另一个地方。

痛楚遍及周身。

我呼吸着暧昧不清的空气,肺部也感不适。

这阿拉伯的时间,多么令人疲倦!

玻璃仿佛在命令天空把它当作镜子。

钢铁和塑料,噪音和尾气,灰尘和残垣。

图片和广告仿佛把水泥变成天使的森林。

宇宙的三明治。

时代广场。

这里,是否适合让我在脑子里描画世界上动荡之地的地图?

悄悄地,你可以把巴勒斯坦置于这样的地图中。

悄悄地,天空穿着一件灰衣,向你走来,并且握起你的手。

神灵之水的蒸气,

从历史沸腾的锅中,蒸发到四周的高墙。

——你如何分配时间?

——当我发困时就吃;当我想要阅读时,就睡觉。

这个机械——神灵[①]到底是什么?

难道越是神圣的地方越充满暴力?

在纽约,身份是一个与胃有关的问题。

华尔街:

一个全球性现象,

全世界都在其中练习

如何吞噬生肉。

疲惫从这座教堂的脖子上流淌,

仿佛流淌自历史的颈项。

镶嵌着星辰的词语项链,

垂挂在它的胸前,

那些词语,仿佛比语言更为古老。

① 在阿拉伯语中,“机械”(a'la)与“神灵”(ila'h)两个单词的发音和书写接近。

唉,难道生命本身,
也变成了一个数码的文档?

天空如同伤口一样敞开。
我如何用神灵端坐于王座的时间,
对抗这个伤口的时间?
而我衡量自己的,唯有无穷?

现在,就在此刻,
我想问一下圣书:
你用哪一把筛子,
筛选神灵的词语?

暴力,几乎折断语言的枝干;
时间,已没有时间去跟上死亡的步伐。

百老汇:
想象力能够倚靠的,只剩下胃。

在每一个愿望里面,

都躺着一具尸体。

这是怎样的时代——
其中,只有缺席的事物才在场?

伟大的思想如同伟大的诗篇,它是一场战争:
向思维习惯宣战,
向语言习惯宣战,
向写作习惯宣战,
向阅读习惯宣战。
是否因为如此,有人称其为“罪过”?

我会知道怎样引领我的生命吗?
我会知道它怎样引领我吗?
无论我去往哪里,都有一个陷阱。
陷阱:水和火在同一个蒸馏器中。

谁说死人不会说话?
死人从不停止说话,不过是借活人之口说话。

你毕生都在打造一条道路，以便沿着这条路抵达目的地。
突然，你发现道路已经终结，而你的双脚刚刚迈出起点。

规章和身体之间的搏斗，是一场悲剧。
规章和头脑之间的搏斗，是一场喜剧。

今天，阿拉伯的写作不再是深渊和巅峰之间的旅行。
可是，它为什么变成了街道和厨房之间的游荡？

根据波普艺术[①]——绘画、音乐、舞蹈、歌唱——具有的特点，我倾向于认为：
今天阿拉伯世界创作的大多数诗歌，都会被文学史撰写者定义为阿拉伯波普诗。

诗歌，也有它的拘留站和流放地。
是否因此，我们发现阿拉伯的时间里有一片水域，
诗歌不愿在其中泅游，哪怕那是永恒的水池？

---

① 波普艺术：20世纪50年代后期在纽约兴起的一种艺术风格，起源于商业美术形式，其特点是将大众文化的一些细节放大复制。

蛀虫,在时间的皮肤下安营扎寨。

那么,我们是否应该开始学习水,
创造一种能调和水泥的物理和星辰的化学的元素?

烟,点燃意义的灯盏。

是谁说太阳和月亮是两位兄弟?
本应该将两者合为一体的纽带,
恰恰让两者分离?

在自然中,万物皆为实有;
在超自然中,万物皆为虚无。
虚无:既是巅峰又是深渊。
那么,我是否可以晃动虚无的枝干,
以便捡获掉落的幽冥的果实?

你说你用黎明之手洗濯夜晚之脸?
那告诉我:你用来洗濯的是哪一种水?

纳西索斯[1]只喜欢生活在镜子里，
他最喜欢的空间，是“非空间”。

你对着泉水掷出的石头，没有掉在泉水里，
而是掉落在你的眼睫之间：
请触摸你的双眼。

确信是幼稚的，它只知道自己是怀疑的对立面。
所以它无法达到生活的水准
——作为童年或老年、初始或终结的生活。

爱情啊，你是多么神奇：
你在话语中是蝴蝶，
在行动中成为火焰。
你能否教导我，
如何在烟雾书写于空气之墙的花名册上
阅读我的名字？

① 纳西索斯：希腊神话中最俊美的男子。据传他爱上自己在水中的倒影，最终变成水仙花。

永远在逃逸的雾霭，

是永远固守一方的那种物质的兄长。

是的，水能够成为

除了沙子以外的

万物的守护者。

果实已不再需要季节：

可能性在万物的血管里跳动。

流离失所、无家可归的人们，

在系于一颗星星的绳索上趔趄。

我曾模仿过各种元素，几乎都没有成功，

除了模仿火。

时光犹如风暴，

但可以用比它更弱的事物征服它——艺术。

时间：

在泥塘的水泡里打转。

我为我的双眼建造了殿堂，
以让我的脚步在其中祈祷。

这里，在我家中，在我称为“孤独”的阳台上，
一朵玫瑰坐在一把空椅子的近旁。
但是，这位用玫瑰的舌头
自言自语的女子是谁？

在我和我的脸庞之间，
一面镜子将我和我分开；
在我的名字和行为之间，
是无水的天空，干旱绽裂的土地。
字母是词语的森林，
词语是意念的森林，
写作是在迷宫里的旅行。
照亮我脏腑的天际在哪里？

你想成为第二片天空吗？

那么，就去爱恋大地。

我经历的生活，我并不理解，
我们能够理解正在经历的一切吗？
我们能够经历我们理解的一切吗？
知识同时是白昼和黑夜，
生活，却只是茫茫黑夜。

我的愿望是改变岸陆，
而不是成为一座桥梁。

你无法完全彻底地看清一张脸。
这正是脸的奥秘，最美丽的所在。
脸：水之初，蜃景之末。

去体验这首诗篇里的窗户，
如果它是闪光的，
它会替你打开许多窗户。

我应该登临光之阶梯最后的台阶，

以便能阅读我的阴影。

我不爱我的心,除非它描画在我的唇间;
我不爱我的大脑,除非它被我的双臂拥抱。

在写作上登堂窥奥的第一个瞬间,
就是由相同字母构成的两个词语发生碰撞的瞬间:
规则与诗歌。[①]

历史:
一些日子,
只看见自己,
只书写自己,
只阅读自己:
荒诞在拖拽语言的尾巴。

历史:
对神殿和崇拜的修补。

---

① 在阿拉伯语中,规则 (shara') 与诗歌 (shia'r) 由相同的三个字母构成,但排列与读法不同。

他看见月亮坐在他书桌的对面。

于是,他站起来,拿起一本写着群星名称的花名册,

把它交给黑夜。

每当我念起一位先知的姓名,

我都对我的喉咙犯下许多错误。

每一首伟大的诗篇都有批评它的双唇:

永不满足的双唇。

光明,在朗照闪耀之际,会变成一种遮蔽;

但那是唯一可以揭示的遮蔽。

武装起来,

拿起光明的武器!

去打开一首诗篇的脏腑,

从中阅读世界的命运。

近作集锦①

① 选自总社设在伦敦的阿拉伯文《生活报》2015—2017年间的《阿多尼斯专栏》。

夜：不出户的远行者[1]

向着无穷，夜拖曳宇宙的车辇，
夜啊，你的耐心是多么恒久！

夜，
我的身体在其中与自己厮杀。

光在夜的岸边聚集了舟楫，
此刻，光在等待
扬帆起航的瞬间。

"就连你的梦也并非属于你。"
夜对我如是说。
是否因此，梦总是将我遗弃？

身体的影子，而非身体，
是照亮夜之途的星球。

① 原作发表于2017年12月14日《生活报》。

无论你多么热爱夜晚,
你都无法在夜与黑暗之间砌一堵墙。

有一次,我突然造访诗歌,
发现它正疲倦地
把头靠在夜的胸口。

无论你潜入身体之夜有多么深,
你的潜入总是不够深。

她说:
“当你不在的时候,
我在夜的怀抱里入眠。”

性是夜的湖泊,
爱是湖泊的源泉。

我们——她和我——的日子,
是一些舟楫,
为夜创造了另外的岸陆。

在夜的子宫里，
石头和飞鸟是一对双胞胎。

无论夜在天空的厅堂里有多么自由，
它在身体的茅屋里会更加自由。

夜说：
告诉你的灵魂，
让她时常涂抹你身体的麝香。

无边无际的话语的汪洋，
藏匿于身体与夜幽会的一滴精液中。

是的，
我常常看到时光，
在夜的床榻上纵情辗转。

是的，
我常见诗歌温柔地拥抱夜，
拍着它的肩膀，向它朗诵新作。

黑夜是白昼最亲近的朋友，
白昼是黑夜最亲近的敌手。

我阅读群星，只为了一个目的：
更好地阅读那座桥——将群星和我、
将我们和夜连接的那座桥。

每当夜在我的床上发笑，
我的身体就会哭泣。

我的疲惫是一只垫子，
由我的夜倚靠。

白昼是一条河，
黑夜的头颅唱着歌在河面漂浮
——犹如俄耳甫斯的头颅。

爱情不会显示它极致的绚丽，
除非我们懂得在极致的夜晚领略爱情。

空间是白昼与黑夜的宅邸，
白昼随时准备出门远行，
黑夜随时准备踏上归途。

徒劳无益地，白昼在黑夜的丛林里，
寻找迷失的道路。

我用白昼的脚步行走，
却把头放在黑夜的枕垫上。

夜，
时间的身体穿上的内衣。

在我背后，在我四周，
有许多死者来来往往，
我该把他们埋葬。
可是埋在哪里，
除了在夜里，在夜的语言里？

每一天，我的夜都比我提前上床，

不是为了入睡，

而是为我的诗歌准备另一个不眠夜。

夜晚和我枕头之间的路是多么漫长！

诗人啊，请注视最初的夜晚，

看它如何濯洗脸庞和双脚，

如何来到你的床前，

如何忍着瞌睡为你助眠——

夜晚，是第二位母亲。

一颗星星说：

今天，我将试着用睫毛覆盖夜的面孔。

太阳说：

为了理解白昼，你应该学会阅读黑夜。

我的诗歌嫉妒夜，

因为它能将四面八方纳入怀抱。

夜常常跟我的直觉串通，
却和我的视觉作对。

我童年的夜晚破碎了，
它的肢体消隐于我的岁月。
但是，每当我想起童年之夜，
每当我幻想着去造访它，
它都会穿上旧衣裳相迎。

我常常模仿夜晚，
只为学会如何披戴光明。

现在吗？不，
我还没有读完
从夜的颈项垂下的
你的信件。

现在，就在此刻，
月亮这位农夫，
正在用夜之水濯洗脸庞。

夜晚，通常是作解释和教导，
但是，当儿童来到夜的怀抱，
它便开始梦想，开始预言。

昨天，
夜晚早早地起身离床，
在我的被衾，
留下一朵名叫太阳的玫瑰。

死亡的手指，弹奏生命的风琴[1]

今天，太阳有点异常
它犹豫不决地，在天际的封面画上自己的脸庞。

是的，每一天都是有毒的，
但是，在每一分钟都可能找到解药。

你该背对着天空，
让它的胸膛倚靠你的双肩。

“我不知道我到底有没有光明。”
——太阳如是说。

我全身的每个器官都可能成为一位面包师，
除了我的心——它只能成为一位水手。

在某些时刻，“是”这个单词或许是语言里最丑恶的单词。

① 译者辑录自《生活报》2015—2017年间的《阿多尼斯专栏》。标题为译者所加。

“是哪三只苹果改变了世界的面孔?”

——亚当的苹果。

“第二只呢?”

——牛顿的苹果。

“第三只呢?”

——斯蒂夫·乔布斯的苹果。

“要知道,乔布斯是一位叙利亚后裔。

还别忘了,这一回,是父亲拒绝了儿子!”

如果你的作品不能往任何一潭死水里掷出一块石子,

那你为什么写作?

许多人都反对你,这往往意味着你是对的,

起码意味着你比许多人更接近真理。

这是什么样的历史

——只会用死亡的手指

弹奏生命的风琴?

沙漠深处是一首永恒之歌,

在赞美森林；

森林深处是一首永恒之歌，

在赞美沙漠。

赞美，是自然向人类致敬的第一门艺术。

有的人死去，只为了一个目的：

希望在死后永久地活着。

看守翅膀的老卫士，

在头上戴了一顶

新式枪械形状的帽子。

有一回，

我偷听群星在谈话，

听它们在历史的新马厩里，

正和未来的机器

还有电子的骑士作一场对话。

他们俩一起生活，

但相互间只了解

戴上面具的对方。

我不喜欢这个时代，
但我也不喜欢用“永恒”的棍棒把它打死。

我没有任何证据可以相信：
星期五、星期六和星期天之间的鏖战，
会在明天或之后偃旗息鼓。

我如何能学会萤火虫的勇气
——它小小的双翼竟然裹携着火！

春天推荐的树木被田野拒绝，
原因在于——据田野说——
春天不知道树木的称谓。

树木不会脱衣，
也不会穿衣，
除非是季节下达了命令。

他多么了不起！——
对照着麻雀的尾巴，
去寻找猫的尾巴。

我看到了什么？
难道是蚂蚁成群结队，
准备吞下大地的肝脏？
这是现实的场景，
还是梦魇一场？

我看到了、听到了什么？
——一个孩子在独自哭泣，
他身旁还有一朵玫瑰，
是母亲上班前在他床上留下的；
玫瑰也在哭泣。

“君王的筵席上，历史的蜜在流淌。”
一个证人如是说。
但死去的人们一个个从坟墓里跃起叫喊：
“这样的事情我们从未听说，也从未见过！”

他们只拥有自己的脚步，
但他们的脚步却没有任何一条道路——
这是对自我的封锁，还是自愿的奴役？

大地解开衣襟迎接雨水，
但这雨水并非降自乌云之罐，
它自哭泣之云流淌。

或许，有人不愿阅读，因为他们不想知晓；
或许，有人不想知晓，因为他们不想生活在永久的惊骇中。
确实，知识令人惊骇。

古希腊哲学家德谟克利特说过：
实际上我们一无所知，
因为真理藏匿于深渊。

一只腌制的海鸥，
双翼夹带着大海；
一只饥饿的乌鸦，
在吞食

从天空的厨房掉落的
肢体的碎渣。

雷电跟避雷针约了一个时辰,想跟它作一次对话。

光,长着许多不知道如何在夜间飞行的翅膀。

不,这些尸体已脱离了死亡之寒冷。
可为什么,有人却那么热烈地谈论它?

整个天空,
飞行于一只恐惧之鸟的翅膀上。

这颗星的囚室内没有一根蜡烛,
可为什么,夜晚、乌云和狂风,
执意要永久把它围困?

再过片刻,我将在神话的丛林开始每日巡游,
飞舞的风啊,你会等待我的落叶吗?
你会让它飘落何处?

黄昏啊，吹起号角，
拥抱你的影子，
也许，只有影子才会道出真相。

就本质而言，人的身份何在？
在于他所接受的？
在于他所拒绝的？
在于他所创造的？
这个问题，是否适用于一个连每个人的皮肤都并非自己真实皮肤的国家？

水车有一种伟大的禀赋：重复。
它道出的一切都是真话。
昨天它说：
“没有人想要自由，除非是他自己的自由；
他要自由，并非为了追求更多自由，
他只想拥有奴役他人的更大本领。”

一只鸟，从我卧室的窗口飞过。
其实，鸟只是长着女人面孔的一场梦，但我不知梦的含义。

只有弗洛伊德知道。
可我怎么去问弗洛伊德?

广场上,一头白猪,
在嘲笑一只在红色笼子里鸣唱的
黑色画眉。

看不见的手
别无所事,除了
将能看见的一切推向黑暗。
这差事简单而有成效,
并且永不停歇。

看哪!历史就在那里,在大街的尽头。快过去问它:
“你为什么决定:首先,要再次审视这个世界,审视你自己?”

你总是在语言中旅行,即使在入睡时。
我喜欢你日记中关于最近一次旅行的记述:
“旅行,让身体的四肢连接起天际的四肢。”

我经常回味你回答我关于身份问题的一句话：
“跟我相像的，是那波海浪，它不同于任何一波别的海浪。”

我问你：
“为什么时间就像一首朦胧诗，尽管它在滴血？
为什么你喜欢这样的朦胧？”

难道，真的有一个所在，其间的行人无法前行？
难道，真的有一个时代，它拒绝行走，除非是后退？

不存在“统一”，如果它只是“一”的枕头。

是的，在这个主流的政治世界里，我的家建立在这个单词之上——
“不”！

如果自然由于自然的作用而腐烂，
那么，为什么，
超自然不能因为超自然的作用而腐烂？
按照逻辑，本没有什么阻止这种腐烂。

革命的艺术?

它首先应该是艺术的革命。

大脑?可是,它是什么?

心脏?可是,它在哪里?

我们是否该向另一种语言发问,那到底是哪一种语言?

或者,我们干脆承认:人已经不再知晓事物;相反,是物知晓人。

在此,金钱,是知识的大脑和心脏。

那棵树,它向一切自迁徙的天空疲惫落下的鸟儿张开树枝;

它迁徙到哪里了?

词语啊,你负载着尸体漫游四方,

你的翅膀从何而来?

个体被他所属的集体绑架,

集体被操纵它的权力绑架,

绑架权力的,是一把暧昧而牢不可破的椅子,

仿佛那是灰尘。

是的，词语也会患病，
有的会失明，有的会变得又聋又哑。

用高贵的语言，身披穷人的衣衫，
光明在作黎明的训诫。

云彩飘过，然后迷失了方向，
它进入雨的森林，不再现身。

夜晚铺好对我藏匿了很久的床榻，
以便让隐形的我在上面入眠；
于是，我开始为我隐形的身体，
寻找另一席床榻。

“阿拉伯之春”[①]

阿拉伯的时光正在消逝，
它的眼里流露出历史的困倦。

我们是否可以说：
阿拉伯大地只是自由眼中的一个幻影？

这便是我们的阿拉伯大地：
宇宙的脸上一道深深的皱纹。

在阿拉伯的实践中，“革命”是一头狼和一只羊栖居一个身躯；
在阿拉伯的实践中，“政权”是露天的监狱。

是否，阿拉伯人是讨厌自己长有翅膀的
那只独一无二的鸟？

著名的历史学家塔西佗曾经说过：“历史是肮脏的。”

---

① 译者辑录自《生活报》2015—2017年间的《阿多尼斯专栏》。标题为译者所加。

今天,仅仅用“肮脏”形容历史,够了吗?

一匹自由之马,
和一匹被拴住的马绑在一起——
这是否就是阿拉伯的现代文化?

通常,阿拉伯的话语
喜欢模仿洞中人的腔调;
但它有时候也喜欢
被意义的变色龙邀为座上客。

这个时代是一位裁缝,
特别在意为阿拉伯的身体缝织衬衣,
但缝衣的材料是用石头切割而成。
奇怪的是,阿拉伯的身体却从没有说过一句:“不!”

阿拉伯的黎明在欺骗。
光明,怎么会从被杀戮的儿童尸体上升起?

他为阿拉伯当代坟墓撰史,他写道:

这里,曾经是一片舞场。

马拉美曾经说过:
世界,应该被造就成一本美丽的书。
如果他还活着,当他环顾这世界,尤其是阿拉伯世界,他大概会说:
世界,被造就成一座坟墓。

为什么,那些只想让本应该死去的事物活下去的人层出不穷?

看起来,我这一代人的生命,
只不过是一道影子;
我们在这道影子里,
只不过是一场幻梦。

“阿拉伯之春”失踪了。
昨天,我看见这“春天”
走进了季节的法院,
要求更换姓名。

春天(RA, BI, A')——阿拉伯人(A', RA, BI)

同样的字母组成的两个单词，产生了让我不喜欢的联想：
在几个字母的声音中，回响起未来敲响的忧伤的钟声！

我是头颅的“春天”，摆到我这里的头颅何其多也！
假如有人把这些头颅打开，就会发现：
那只是堆积满尸体和废墟的沙砾之穴。

“让死人复活！”“让活人死去！”
这是在我——“阿拉伯之春”——喉头响起的叫喊声。
这些叫喊的人们，正向他们的国家传授法宝：
从刀剑、权力和金钱中觅取生活之道。

我是“阿拉伯之春”，我承认并且告诉你们：
有朝一日，阿拉伯语写作将犹如全面的讣文——
不仅哀悼语言之死，而且哀悼这个称作“阿拉伯”的世界！

他相信的那个词语，连它自己都不相信自己。
那个词语是“祖国”，它常常消融于“人民”，有时变身为一条路：
路的起点是“正义万岁！”
终点是——“杀戮万岁！”

青草不相信我说的话。

青草不相信它也会燃烧。

是的，我愿意承认：

我不过是一只布埋雷管的手，不仅埋在居室、街头和田野，也埋在大脑和心灵。

有人要求我模仿苹果树。

可是，为什么我面前的每一只苹果都变身为一颗炸弹？

血迹，被割下的头颅，笼中的女人，火炉里的儿童……

这是一套强加给我嘴唇和双手的新的字母表，

由别人发明，却归于我的名下！

我被要求做的一件事情，就是以我——“阿拉伯之春”的名义，为一种文化送葬：

在这种文化中，人仿佛居住在一座叫作“废墟”的宅邸里，生活在一块叫作“虚无”的土地上。

阿拉伯人活着，跟着一口棺材行走，其中躺着一个被割掉脑袋的儿童，无能为力的亲友在为他送终。

从最高的一颗大地之星,我的名字掉到我头上,
那时,我正在青草和水之间入睡。
啊,天文年鉴,把我列入那些厌恶自己名字的人的名单里吧!

这是血红色的时代。
它的颜色,即使是汪洋的颜色也无法稀释。

有一次,你说阿拉伯语是沉睡的语言。
你还说:它不会从沉睡中起来,除非当“此刻”站起,
当“空间”也随之站起。
你的说法依然成立吗?

在当今世界,在政治层面,独裁政府和民主政府的区别何在?
区别在于,前者打着的代表其文化的口号,可以概述为:“法官正在屠杀。”
而后者的口号可以概述为:“屠夫当上了法官!”

你是否知道,当炸弹爆炸,是谁引爆的?
是我,你,他,她,还是别的什么?
谁有可能知道答案?
你为什么沉默?

我知道你的答案：
噪音穿透了你的沉默，并且取而代之。

从乌云的眼帘掉落的泪水，出于对阿拉伯人的忧伤，
说道："我不再洗涤把死者的亲属
送往城市墓地的道路。"
据说，那是高贵而忠顺的乌云。

阿拉伯人！为了读懂这世界的废墟，首先要读懂横亘于你内心
的废墟。

阿拉伯文化中充斥着这样的作家：
他们思考、写作、工作，
做这一切的时候，仿佛他们要求麦子
吞咽下蚂蚁的胃。

荒原，是当今阿拉伯人生活其间的祖国。

是的，每当天上降雨，
我们就会干枯……

在那个以大棒为笔、视诗歌为罪过的国度，
那个生命不过是坟墓和葬礼的国度，
那个一切都起立
向着虚无致敬的国度……

词语在墙壁之间跳跃，
但很快窒息倒下，
倒在词语的写家面前。
“谁是这写家？”
墙壁在不停地发问。

不，在大脑里布满监狱的，不仅仅是记忆。

谁知道明天，在阿拉伯的筵席上，
暴君的晚餐是什么？

我们博览群书，但是，为什么，
我们只信仰那些会点火焚烧的书籍？

他从革命中牵出一匹马，称之为“死亡”，

他从死亡中牵出一匹马，告诉它：去成为天堂之门。
一位电子天使，把门开启。

岁月：黑色之墙。
一侧被血色的眼睛看守，
另一侧是无形的卫士看守，
连沙子也在躁动，几乎要吞噬自己的朋友——风。

突然，出乎所有的意料，
大马士革的茉莉花决定摆脱自己的芳香。
现在的问题是：它如何与之分离？

海洋都已变成红色了，
这些黑色的飓风，来自哪一片海洋？

为了向搏动着爱的阿拉伯心脏致意，
岩石飞起，树木哭泣，母驼开始了舞蹈。

已是早晨，
但这空间依然被不眠裹罩。
历史是否知道，是什么让它不眠？

抵抗绝望的随想[①]

瞬间

读你的作品，我没有感到读其他人作品时或会感到的那种孤独。但我认为，一个人最美、最惊骇的瞬间，就是当他感到孤独、感到自己犹如从虚无中垂下的瞬间。

你了解这样的瞬间吗？

边界

有人说：关于写作，有一些"边界"是不该越过的，有一些"原则"是不该触碰的。

但是，这样的写作能给读者带去什么——除了距真理、距现实越来越远？

被种种"边界"束缚的写作能称得上伟大吗？能写出新意吗？

对写作的"限定"或"囚禁"，难道不是对语言、对人的囚禁？

---

① 选译自2016年6月1日《生活报》上《阿多尼斯专栏》同名文章。

强加

把一种思想强加给社会，只会导致对这种思想的抗拒。

对于大多数思想文化界人士而言，用强力推行的思想，不可能是信仰，只可能是恐惧。

因此，这种思想只在形式上、表面上盛行，但它没有效应和意义。富有创造性、建设性的思想，产生于自由，人们自由地奉行，不需要威逼和恐吓。

实验

是的，我们在阿拉伯主流审美中，无论在思想、文学还是艺术上，都找不到那种向实验性能量开放或者鼓励实验的勇气，因为实验意味着“冒险”“不安”“危险”，是通过语言对沉睡的事物和思想发起的“战争”，旨在撼动它，使它脱离“稳定”“确信”的轨道；因而，实验也是对语言自身内部发起的“战争”。与之相反，阿拉伯审美偏向于“宁静”“安定”“成熟”。这是一种体现确定的“边界”、稳固的“原则”的审美。

是否正因为如此，在当今世界，我们再也找不到像阿拉伯文化这样“确信”“自信”的文化？

无论如何，这种现象绝不是力量和健康的标志。

写作

为了书写正在阿拉伯国家——伊拉克、叙利亚、也门、利比亚、埃及——发生的事情，作家不能只是记叙、陈述，不能只是为文明的毁灭、生灵的杀戮而哀叹，更不能为朋友喝彩，去诅咒敌人。

在此，写作应该创造一种文化的、人道的氛围，将生命从吞噬它的黑暗魔爪中夺回，应该将世界赤裸裸地展现在真理和人性面前，应该撼动价值观赖以建立的基础，全面地、根本性地予以拒绝。

写作诞生于这种全面而根本性的审视中；否则，写作只是一场游戏，只会成为对写作、对文字的负担。

阿多尼斯年表

薛庆国 编

1930年

9月14日，生于叙利亚北部海滨城市杰卜莱附近村庄卡萨宾，父母为他取名“阿里”，全名为：阿里·艾哈迈德·赛义德·伊斯伯尔（Ali Ahmad Said Esber），昵称“阿鲁什”。父亲艾哈迈德务农，虽家境贫穷，但喜爱阅读，对宗教及阿拉伯古典诗歌颇有造诣。母亲名哈斯奈·里雅希，文盲，2014年去世，享年107岁。阿里另有一姐，一妹，三个弟弟。

1935年起

因父母无法支付学费，只能在附属于清真寺的私塾接受初等教育，并在父亲指导下学习阿拉伯古诗及《古兰经》。

1944年

叙利亚独立后的首任总统舒克利·库阿特利前往阿里家乡所在的省府城市塔尔图斯市视察，阿里获悉后，步行前往塔尔图斯，获准在总统面前朗诵一首自己创作的爱国诗。总统大为赏识，当场允诺由国家资助他就读城里的法国学校。

1944—1946年

在塔尔图斯法国学校就读小学、初中。1946年法国人撤离叙利亚，该校关闭。转往城里另一所中学就读。

1947年

初中毕业。前往北方港口城市拉塔基亚就读高中，同时写诗，并从事政治活动。

1948年

加入左派政党——叙利亚民族社会党。开始在新近创立的叙利亚首家诗歌刊物——《竖琴》(*Qitha'r*)上发表诗作。为引起编辑注意，他给自己起了源自古希腊神话的笔名：阿多尼斯(Adonis或Adunis)。据他自述，这个有点洋气的笔名给他带来了好运，曾经屡次退回他稿件的一些报刊，后来纷纷采用其稿。

1949年

高中毕业。见到叙利亚民族社会党领袖安东·萨阿戴。

1950年

进入大马士革大学法学院，后转入文学院哲学系读书。

1951年

开始在贝鲁特著名文学刊物《文学》(*A'da'b*)上发表诗作。其长诗《大地说》引起关注。

1952年

参与编辑叙利亚民族社会党机关报《建设》(*Bina'*)。结识大马士革女子师范学院学生哈丽黛(Khalida),两人开始恋爱。父亲去世。

1954年

从大马士革大学毕业,获哲学学士学位。发表长诗《空虚》。被征召入伍。

1955年

因曾加入左派政党,在服役期间入狱半年多,其间受尽各种不堪回首的折磨。

1956年

结束兵役,与哈丽黛结婚。婚后两人前往邻国黎巴嫩谋生。在黎巴嫩多种报刊上发表诗作。

1957年

与黎巴嫩诗人优素福·哈勒共同创办日后在阿拉伯诗坛具有重要影响的《诗歌》(*Shi'r*)杂志,并在杂志附属出版社出版第一部诗集《最初的诗篇》。杂志定期举办周四诗歌沙龙,吸引黎巴嫩本地及来访的国外诗人参加。这一沙龙和《诗歌》杂志一直持续到1963年。担任社会民族党机关报《建设》报主编。

1958年

出版诗集《风中的树叶》。因政见不同，被社会民族党部分党员攻击。长女爱尔瓦德（Arwad）出生。

1960年

获法国政府资助，去巴黎一所犹太人学校进修法语及法国文学，不久中断学习，遍访巴黎，结识了阿拉贡等法国诗人。退出社会民族党。

1961年

回到贝鲁特。出版诗集《大马士革的米赫亚尔之歌》。作品体现了苏非神秘主义思想和西方哲学对诗人的影响，表达了对阿拉伯文化的批判与反思，突出展现了诗人叛逆传统的一面。评论界认为，此作在阿拉伯现代诗歌史上具有里程碑意义。获《诗歌》杂志创作奖（Shi'r Magazine Prize）。

1962年

编选出版《优素福·哈勒诗选》。

1963年

与妻子哈丽黛一起入黎巴嫩国籍。

1964年

编选出版《阿拉伯诗选》第一、第二卷，第三卷于1968年出版。阿多尼斯以现代眼光，从卷帙浩繁的古代诗文集丛中，挑选富有思想与美学价值却往往被文学史贬低乃至忽略的诗歌，编纂成书。在1996年再版的前言中，他自豪地表白：“它已成为阿拉伯诗歌艺术和美学上的首要参考。”创办文学刊物《地平线》(*A'fa'q*)。

1965年

出版诗集《在日夜的领地变化迁徙》。编选出版《赛亚卜诗选》，赛亚卜为伊拉克当代诗人，被公认为阿拉伯新诗运动的先驱。与其他四位作家共同创立黎巴嫩作家协会，至今仍是该协会成员。

1968年

创办诗歌刊物《立场》(*Mawa'qif*)，该刊共持续25年，出版74期。出版诗集《戏剧与镜子》。获贝鲁特书籍之友奖(Prix des Amis du Livre)。

1970年

出版诗集《灰与花之间的时间》。

1971年

出版第一部诗论著作《阿拉伯诗歌导论》。担任黎巴嫩大学教授，至1985年。获匹兹堡叙利亚黎巴嫩国际诗歌论坛奖(Syria-Lebanon Award of the

International Poetry Forum)。次女尼娜(Ninar)出生。

1972年

出版论著《诗歌时代》。将黎巴嫩剧作家乔治·谢哈德的两部法文剧作《法斯库的故事》《布波尔先生》译成阿拉伯文出版。

1973年

获黎巴嫩圣约瑟大学博士学位。出版译作《布里斯班的移民》《紫罗兰》(乔治·谢哈德剧作)。

1974年

博士论文《稳定与变化》分四卷陆续出版。作者认为,阿拉伯思想史的主要特征是近乎"沉睡"(Suba't)的"稳定"(Thaba't),以因袭、守旧为特征的"稳定"已成为妨碍阿拉伯人前进的桎梏;阿拉伯文化的真正价值,在于其中长期处于边缘的"变化"因素;以"变化"超越"稳定",是阿拉伯文化的希望所在。这部旨在重写阿拉伯思想史、诗歌史的巨著,在阿拉伯文化界引起震动,奠定了阿多尼斯作为当代阿拉伯最重要思想家、理论家之一的地位。获黎巴嫩国家诗歌奖(National Poetry Prize)。

1975年

出版译作《谚语之夜》《旅行》(乔治·谢哈德剧作)。

1976年

翻译出版法国先锋派诗人圣·琼·佩斯的《圣·琼·佩斯诗歌全集》。为躲避黎巴嫩内战，携家人回到叙利亚，被大马士革大学聘为教授，加入总部设在大马士革的阿拉伯作家协会。1990年代初因和以色列作家同堂出席国际会议，被该协会除名。

....

1977年

出版《复数形式的单数》。这首长诗全面展示了诗人的精神世界，是其代表作之一。

....

1979年

出版诗集《长诗五首》，译作《拉辛剧作选》。

....

1980年

出版长诗集《这是我的名字》，论著《世纪末的开端》。在巴黎第三大学任副教授，至1981年。7月，以黎巴嫩作家身份首次到访中国，与中国多位作家、评论家作深度交流。在贝鲁特《白日报》分两次以五个整版的篇幅，记述他对“文革”之后的中国印象，题目分别是《翅膀，在广阔而惊人的天空扇动》《百花齐放，百家争鸣》。20年后诗人在接受记者采访时又谈及此访：“那次中国之行，让我看到一个沉闷、封闭、伤感的中国。但我听说，现在的中国已完全不同。所以，我现在有个强烈的愿望，想再去中国看看，重访北京或上海。”

....

1982年

编选出版埃及诗人绍基的《绍基诗选》、伊拉克诗人鲁萨菲的《鲁萨菲诗选》、叙利亚思想家卡瓦基比的《卡瓦基比文选》。

……………………………………………………………………………………

1983年

编选出版埃及思想家穆罕默德·阿卜笃的《穆罕默德·阿卜笃文选》,斜利亚思想家拉希德·利达的《拉希德·利达文选》,伊拉克诗人宰哈维的《宰哈维诗选》,沙特近代思想家穆罕默德·本·阿卜杜·瓦哈卜的《穆罕默德·本·阿卜杜·瓦哈卜文选》。哈丽黛女士参与编选上述作品。当选法国马拉美学院(Académie Stéphane Mallarmé)院士。被法国政府授予文学艺术军官勋章(Officier de l'Ordre des Arts et des Lettres)。

……………………………………………………………………………………

1984年

在法兰西公学院(Le Collège de France)作四次关于阿拉伯诗歌的演讲。法国诗歌之家(Maison de la Poésie)举行为期四天的阿多尼斯诗歌朗诵与研讨会。获联合国教科文组织颁发的毕加索奖章(Médaille Picasso)。

……………………………………………………………………………………

1985年

在法国诗歌之家演讲的阿拉伯文版结集出版,书名为"阿拉伯诗学"。出版以黎巴嫩内战为题材的诗集《围困》,另出版论著《诗歌政治》。在美国乔治敦大学任访问学者一年。

……………………………………………………………………………………

1986年

翻译出版法国当代诗人博纳富瓦的《博纳富瓦诗歌全集》。获布鲁塞尔国际诗歌双年展大奖(Grand Prix des Biennales Internationales de la Poésie)。任阿拉伯国家联盟驻联合国教科文组织常任代表,至1989年。全家开始定居巴黎。应国际笔会之邀,作为荣誉嘉宾(Guest of Honour),参加在纽约国际笔会俱乐部的活动,为期一周。

1987年

出版诗集《行进在物质地图上的欲望》。

1988年

出版诗集《纪念朦胧与清晰的事物》。译作《鲁祖米亚特选》(阿拔斯朝大诗人麦阿里诗作)在法国出版。

1989年

在日内瓦大学担任副教授,至1995年。

1990年

出版论著《初始的话语》。当选法国世界文化学院(Académie Universelle des Cultures)院士。

1991年

获法国让·马里奥外国诗歌奖(Prix de Poésie Jean Malrieu Étranger)。

1992年

出版论著《苏非主义与超现实主义》。

1993年

出版论著《〈古兰经〉文本与写作天际》及《权势与话语》，出版文化回忆录《你啊，时间》。获意大利菲罗尼亚奖(Premio Feronia-Città di Fiano)。

1994年

出版诗集《第二套字母》。这部诗集对阿拉伯新诗的实验意义和先锋性作了大胆探索，是诗人代表作之一。获土耳其希克梅特文学奖(Nazim Hikmet Prize)。

1995年

出版诗集《书：昨天，空间，现在》(第一卷)。1998年、2002年分别出版该作品第二、第三卷。诗人在谈及此作时表示："这三大卷诗集，是我迄今为止诗歌生涯的巅峰之作。它是我几十年前就已着手的重新审视阿拉伯政治史、文化史这一文化工程的重要里程碑。我在诗中回到阿拉伯历史的本源，在阿拉伯文化的身体内旅行。如果说但丁是在天空遨游，那我就是在大地神游。而阿拔斯时期的大诗人穆太奈比，则充当了我的旅行向导。还可以说，这部诗集既向阿拉伯历史表达爱恋，同时又跟它做痛苦的决斗。”获法国地中海外国文学奖（Prix Méditerranée-Etranger），法国黎巴嫩文化论坛奖（Prize of Lebanese Cultural Forum）。

1996年

在大马士革出版三大卷《阿多尼斯诗歌全集》，分别为短诗卷、长诗卷、散文诗卷；但不少诗作并未收入其中。在普林斯顿大学任高级研究员一年。

1997年

被法国政府授予文学艺术统帅勋章（Commandeur de l'Ordre des Arts et des Lettres）。获马其顿金冠诗歌奖（Golden Wreath Award）。

1998年

出版诗集《风的作品之目录》。在柏林高等研究所任研究员，至翌年。

1999年

获意大利诺尼诺奖（The Nonino Prize）。

2000年

获意大利莱里奇-皮亚奖（Premio Lerici-Pea），法国阿兰·波斯盖诗歌奖（Prix de Poésie Alain Bosquet）。法国阿拉伯世界学院举办阿多尼斯拼贴画展及朗诵活动，纪念他70岁诞辰。再度担任柏林高等研究所研究员，至翌年。在柏林高等研究所举办个人拼贴画展。

2001年

获颁德国歌德勋章（The Goethe Medal）。

2002年

出版论著《蓝鲸之乐》，译作《变形记》（古罗马诗人奥维德名著）。

2003年

出版爱情诗集《身体之初，大海之末》，诗集《预言吧，盲人》。在巴黎区域画廊（Area Gallery）举办画展。

2004年

翻译出版法国诗人，前总理德维尔潘的《燃烧的大地：德维尔潘诗选》。与法国女作家尚德兰·沙瓦夫（Chantal Chawaf）合作出版法文著作《不完整的身份》，其阿拉伯文版于次年出版。获阿联酋苏尔坦·阿维斯文化奖（Cultural Prize of Sultan Al-Oweis）。被日内瓦大学授予名誉博士学位。

2005年

出版散文、杂文集《黑域》；出版《阿多尼斯对话集》（1960—1990）三卷。

获意大利邓南遮奖(Prize D'Annunzio)。

2006年

与女儿尼娜合作出版法文谈话录:《与我父亲阿多尼斯对谈》。获颁意大利内阁奖章(Medal of the Italian Cabinet),获意大利皮奥·曼朱国际研究中心奖(Pio Manzu-Centro Internazionale Recherche)。

2007年

出版诗剧《女人身体上撕裂的历史》,诗集《出售星辰之书的书商》。获挪威比昂松奖(The Bjornson Prize)。被贝鲁特美国大学授予名誉博士学位。在约旦安曼的舒曼画廊(Shuman's Gallery)与伊拉克画家海达尔举办双人画展。

2008年

出版诗集《安静,哈姆雷特:你能嗅到奥菲莉娅的疯狂》,散文、杂文集《语言的头颅,沙漠的身体》与《经典·话语·面纱》。2006年在埃及亚历山大图书馆作的四次演讲结集出版,书名为"亚历山大演讲录"。诗集《书:昨天,空间,现在》(第一卷)获法国马克斯·雅各布最佳外国图书奖(The Max Jacob Award)。另获意大利颁发的四个奖项:格林扎纳·卡佛奖(Premio Grinzane Cavour),乔瓦尼·帕斯科利奖(Premio Giovanni Pascoli),阿尔贝里科·撒拉欧洲文学奖(Premio Litteraro Europeo Alberico Sala),韦尔切利奖(Premio Citta di Vercelli)。先后参加在大马士革阿塔西画廊(Atassy Gallery)举办的阿拉伯诗人画家四人展,在卢浮宫举办的东方书法群展。

2009年

首部中文版诗选《我的孤独是一座花园》出版；3月，来华出席首发式，并在北京、上海两地交流、参观9天。11月，获中国第二届中坤国际诗歌奖，赴北京出席颁奖仪式。获捷克布拉格言论自由奖（Freedom of Speech Award），获意大利罗伯托·斯卡拉奖（Premio Roberto Cicala）。

2010年

出版诗集《渴的答案，不仅仅是水》，《树，倚靠着光》；编选出版《阿拉伯诗歌一行诗选》。在国际学术界享有盛誉的《诺顿理论与批评选集》（*The Norton Anthology of Theory and Criticism*）推出第二版，其中共收入从柏拉图至今148位理论家的著名篇什，并首次收入阿多尼斯和李泽厚等四位非西方理论家作品。阿多尼斯入选的作品是其著作《阿拉伯诗歌导论》中的两章。

2011年

出版诗集《耶路撒冷协奏曲》；审校阿拉伯文版《特朗斯特罗姆诗歌全集》，并撰写序言《话语的黎明》。与友人哈里斯·优素福共同创办文化季刊《他者》（*Al-A'khar*）。获德国法兰克福歌德奖（The Goethe Prize），西班牙巴塞罗那金珍珠奖（Premis Internacionals Terenci Moix）。针对愈演愈烈的叙利亚危机，先后发表《致巴沙尔总统的公开信》（6月14日），《致叙利亚反对派的公开信》（7月13日）。在两封公开信中，他既严词批判独裁政府，又质疑缺乏纲领、争权夺利、挟洋人自重、只求改变政权的"反对派"，因而在阿拉伯文化界引起极大争议，受到叙利亚部分反政府人士的谩骂乃至死亡威胁。

2012年

10月，赴香港参加国际诗人在香港活动，并顺访北京。中文版诗选《时光的皱纹》在香港出版，中文版文选《在意义天际的写作》在北京出版。出版杂文集《奢侈——致物质之歌》。出版四卷本《阿拉伯古代散文选》。获授法国荣誉军团勋章骑士勋位（Chevalier de l'Ordre de la Légion d'Honneur）。被法国雷恩大学授予名誉博士学位。

2013年

获德国彼特拉克奖（Petrarch Preis）。8月，赴西宁领受第四届青海湖国际诗歌节金藏羚羊国际诗歌奖。中文版诗选《我们身上爱的森林》在青海出版。应上海民生美术馆"诗歌来到美术馆"主办方之邀，前往该馆举办名为"白昼的头颅，黑夜的肩膀"的画展。获意大利佩斯卡拉（Pescara）诗歌奖。诗集《索卡洛》的法文版、阿拉伯文版先后出版。

2014年

获匈牙利笔会颁发的贾纳斯·潘诺尼乌斯国际诗歌奖（Janus Pannonius International Poetry Prize）。

2015年

出版散文集《城市的灰烬，历史的苦难》，八卷本《阿多尼斯诗歌全集》出齐。10月，出席2015台北诗歌节大师专题活动，并顺访北京。获印度颁发的库马拉·阿桑世界奖（Kumaran Asan World Prize）。获德国雷马克和平奖

（Erich Maria Remarque Prize），因阿多尼斯质疑“阿拉伯之春”的政治立场，此奖在德国引起不小风波。

2016年

获摩纳哥皮耶王子文学奖（Prix Prince Pierre de Monaco）。

2017年

出版以黎巴嫩首都贝鲁特为主题的诗文作品集《贝鲁特：光的乳房》；与摄影家法迪·米斯里联合出版配诗画册《叙利亚：天空与大地共眠的枕头》。获首届美国笔会/纳博科夫国际文学成就奖（PEN/Nabokov Award for Achievement in International Literature），罗马尼亚特兰西瓦尼亚国际图书节大奖（Grand Prize of the Transylvania International Book Festival），首届中国上海金玉兰国际诗歌大奖。访问北京、南京，在上海、杭州两地举办画展。出席香港2017国际诗歌之夜活动。